陈东吉 著

# 在大地上

安徽师范大学出版社

·芜湖·

责任编辑:张奇才　刘　佳
版式设计:丁奕奕
封面设计:北京中尚图文化传播有限公司


**图书在版编目(CIP)数据**

在大地上/陈东吉著. —芜湖:安徽师范大学出版社,2016.7
ISBN 978-7-5676-2582-2

Ⅰ.①在… Ⅱ.①陈… Ⅲ.①诗集 – 中国 – 当代 Ⅳ.①I227

中国版本图书馆CIP数据核字(2016)第160722号

ZAI DADI SHANG

# 在 大 地 上

陈东吉 著

出版发行:安徽师范大学出版社
　　　　　芜湖市九华南路189号安徽师范大学花津校区　邮政编码:241002
网　　　址:http://www.ahnupress.com
发 行 部:0553-3883578　5910327　5910310(传真) E-mail:asdcbsfxb@126.com
印　　　刷:虎彩印艺股份有限公司
版　　　次:2016年7月第1版
印　　　次:2016年7月第1次印刷
规　　　格:700×1000　1/16
印　　　张:14.75
字　　　数:180千字
书　　　号:ISBN 978-7-5676-2582-2
定　　　价:39.00元

# 序

国庆去芜湖，老友更生抱来厚厚一沓书稿，请我作序。那段日子我文债较多，便想婉辞，但一听说是陈东吉的诗集，便二话没说，欣然应允。

认识陈东吉已有好几年了，时间虽不长，但印象深刻。他热情、开朗，快人快语，身上有一股为朋友两肋插刀的豪气。人也很有幽默感，间或冒几句笑话，让人忍俊不禁。

陈东吉经历丰富，当过兵，做过公务员，还任过企业副总。但无论职业怎么变，热爱文学却是他始终不变的追求。尤其他的诗歌创作，不仅有一定数量，而且有一定质量，这本《在大地上》的集子便是他在诗歌创作上可喜的收获。

陈东吉的诗，一如其人，激情澎湃，爱憎分明，大气厚重中不失细腻与灵秀，充满对生活的热爱和赞美。他长期坚持业余创作，火热的生活，家乡的发展，时时激励他，感奋他，点燃起他创作的灵感，从而迸发出一首首滚烫的诗篇。

早在上个世纪70年代初，在大漠深处当兵时，陈东吉就在连队的黑板上"发表"过不少诗歌。尽管那时的诗作还略显稚嫩，但作为一个诗人所具有的才气与浪漫却开始显露。"真想当个新歌手/情切切歌遍天涯……真想是个舞蹈家/意绵绵舞动云霞"。(《祝福》)

正是怀揣着一心要成为"新歌手"的美好梦想，陈东吉在诗歌创作道路上进行着艰难的跋涉。他从中外经典诗歌中汲取滋养与经验，如饥似渴地学习诗歌创作技巧与艺术，一步一个脚印地奋力攀登着。

同是写大漠深处的当兵生活，陈东吉近年创作的长诗《永远的乌什塔拉》，就给人一股清新扑面的美感。"乌什塔拉，真想把你搬来/长江边，奉为窗前小巧的盆景/诗人说，乌什塔拉足够小/足够小小地摆放下，我们/内心的这一片荒原/我说，你也足够辽阔/辽阔得网下了茫茫沙海的/孤烟落日，以及绿树成荫"。短短几行，作者对当年生活过的乌什塔拉的深深怀念之情便跃然纸上。无论从诗歌意象，还是意境，甚或语言节奏上细细揣摩，都不难发现陈东吉的诗歌创作已开始走向老练与成熟。

诗从生活来，诗歌创作无法离开生活，无数中外经久不衰的优秀诗篇无不来自于生活，又感悟于生活。陈东吉是土生土长的芜湖人。芜湖的发展，芜湖的变化，甚至一条老街的拆迁，一座旧屋的重建，都会牵动他的思绪，都会被他敏锐地捕捉，并激发起他的创作冲动，引起他的吟唱。

近年他创作的歌颂芜湖的诗歌已明显增多，并形成了系列。如《中江塔》《潮音街》《箱子拐》《寺码头》《状元坊》《老海关钟楼》等，诗中这些曾让芜湖人魂牵梦萦的老街老巷老建筑，虽已旧貌新颜，沧桑巨变，甚至有的已不复存在，但在陈东吉的诗歌里却得到新生与永恒，读之令人倍感亲切。

曾获芜湖市职工原创诗歌大赛一等奖的《江南·江北》就是陈东吉献给芜湖的一首灼灼感人的抒情诗。诗人热情奔放，如数家珍地将芜湖的江南与江北从人文、历史、特产、典故等方面做了细致的描绘与对比，让读者在他精心营造的情景交融、韵味无穷的诗意空间里感受芜湖悠久的历史与灿烂的文明，从而激发起对芜湖的热爱之情。"芜湖的江南秀/芜湖的江北美……江南的牧童晨起吹短笛/江北的姑娘春舒柳叶眉……李白江南吟哦天门中断楚江开/米芾江北泼墨枯木竹石任描绘……跨江发展的芜湖江南江北/借长江大桥双双挽起手臂……江南，请端起酒盅/江北，且斟满江水……将这满江的澎湃一饮而尽/干杯！"

芜湖人正在努力打造跨江发展的大芜湖格局，发展迅速，前景喜人。陈东吉顺应时代，紧跟芜湖新时期前进步伐，将一腔激情与深情酣畅淋漓地倾泻在这首《江南·江北》诗作上，诗作一经问世，立即受到读者的欢迎。

感情是诗歌的灵魂，也是诗歌最显著的特征。没有感情，就没有诗人，也就没有诗歌。陈东吉的诗歌显著的特色就是情深、情浓、情烈，读之不知不觉也会受其感染，会情不自禁地与他一起纵情放歌，击节吟唱。

当今各种诗歌流派在中国诗坛大行其道。陈东吉的诗也许很难归属于哪个流哪个派，但他继承了中国传统诗歌风格，却又不拘泥于传统，走出了一条属于他自己的诗歌创作之路。陈东吉喜爱古体格律诗，并擅撰楹联。他的诗歌与古典诗词有着割不断的关系，他能融会贯通，在对古人的学习中升华出现代人的感悟与认知，传达出一种积极向上的时代风貌，这的确难能可贵。

当然，文学创作是一项艰苦的事业，在漫漫而修远的创作道路上，期待东吉不断地上下求索，奋力前行，从而有更多新的诗篇问世。

是为序。

季　宇

2015 年 12 月 2 日

（作者系中国文联全委会委员、茅盾文学奖评委，安徽省文联名誉主席，著名作家）

# 戈｜壁｜缘

故 | 园 | 情

在
大
地
上

四｜野｜风

信｜天｜游

目
录

在
大
地
上

长｜江｜长

戈 壁 缘

我的前世，肯定是
在密如蛛网的冰峰里穿行的
一只沱沱河的野骆驼

## 永远的乌什塔拉<sup>[1]</sup>

今晚的夜色，多么美好
江水呢喃，月光哗哗有声
遥远的乌什塔拉，我想起了你
天籁袅袅的边塞小镇

多年前的那个冬夜
月亮结着霜晕，星星挂冰凌
西去列车闪烁的灯火
呼啸着略显青葱的憧憬
闷罐车厢满脸严肃
穿戴着没有领章帽徽的军装
轰隆隆惊醒沉睡的秦岭
我像一株，还没来得及
生根的红柳，在天山脚下
追赶着奔跑的夜色
邂逅了寒冷的你，像前世的重逢
乌什塔拉，你咒语般将我抱紧
此后，那么多月光如水的日子
地心引力惊叫地汹涌着
潮汐泪流满面，还原出士兵
沙漠中演习的队阵，彼岸
匍匐而来，摇响远方苍茫的驼铃

踱步江边，脚印被月光打湿

湿漉漉的手臂，挽上
浪花铺展的翅膀，打捞起
一直沉在心底的牵挂，走进
沙海深处那个如诗的边城
乌什塔拉，有我暗恋的姑娘
火焰般炽热的阿依古丽
美丽的月亮花，曼妙可人
北国的阳春，孔雀河猫着冬
我羽冠凌乱，唇上刚刚晾晒出
一层茸毛，胡须还不曾扎手
玉米糊糊一样的月光
吐出马兰花淡紫的幽香
马头琴悠扬地摇着草原入梦
少年维特的烦恼，如芨芨草般
在戈壁滩无助地疯长
巴音郭楞大漠燃起的篝火
像一簇簇红柳花儿，次第开放
旷野的风车归栏的羊群
铺展出有声有色的壮丽画卷
大漠的立体交响激越雄浑

江边的微风，推开抱团的云朵
扯落多情的月光，洒满
游人以及我和妻的一身
"90后"侄女与我探讨
新月残月如何辨认，还有
朔、弦、望的月形
乌什塔拉，她们哪里知道啊
这一切，都勾起了我
蛰伏了许久的心事

悄然绽放出花开的声音
时光与月光瞬间交叠
影影绰绰，牵出思念的风筝
絮烦的藤蔓攀爬着好奇
防风林矫情地侧耳倾听
东大山哨所是否记得清楚
辛格尔兵站可在思忖
多少个白云满地的子夜
我肩头钢枪斜挎，手中缰绳倒提
像一峰跋涉在沙海的野骆驼
去和硕，去鄯善，去库米什托克逊
掬盐碱水润喉，揪沙枣花充饥
白茨丛边咀嚼，红柳林中打盹

乌什塔拉，想起你
就让我想起了，山东籍的
长满青春痘的老班长疙瘩王
每当悠长的熄灯号音符
戛然而止，他便身先士卒地
跳起来演习无声的小品
然后，要求睡眼惺忪的弟兄们
打起手鼓唱起歌，依次效仿
他偷摘未成熟的西红柿
贿赂我们，我们便摘来熟透的
贺敬之郭小川的只言片语，润色
他酷爱的顺口溜（号称诗朗诵）
老乡家属来队，他几乎每晚
都违反纪律，贴到墙角听房
然后踏着月色，揣回
刚刚享用了饕餮大餐的

戈
壁
缘

色迷迷眼神。多年以后
我总忘不了，这个生气时像笑
高兴时像哭的兄长，像一只
在辽阔草原奔跑的头羊
领着我们咀嚼青涩与香醇

乌什塔拉，想起你
就让我想起了，来自东北的
指导员老汪。我还未穿上
军装的时候，在体检站
就体验了一次他严厉的批评
军供站，我用军帽装满鸭梨
熄灯后，我掐了邻铺的脖颈
然后悄悄掉头，让反击的战友
摸鱼一样摸到了我的臭脚丫子
夜间站岗溜号，周末外出超假
等等，反正倒霉的事情
全没有逃过他的火眼金睛
军号声中我开始亲近书香
他给了我连队图书室的钥匙
我结识了李白、杜甫、雪莱、普希金
考察我入党，教会我打麻将
让我从此一个跟头跌进
大千世界输赢博弈的朗朗乾坤
告别乌什塔拉的前夜，那个
月光黯然失色的晚上
我踩着沙丘，起伏着心跳
向他吐露着歉疚和感激之情
寻觅了多年之后，我每年
给老汪寄出新春贺卡，都会附上

珍藏恒久，柔软的乌什塔拉体温

乌什塔拉，想起你
就让我想起了，重庆铜梁的
喜欢恶作剧的老兵刘
连队里有点娘娘腔的小清新
老兵刘执勤铁干里克
邂逅了露天电影牵出的爱情
那个月夜风很大，很大的风
让青年老兵刘，肾上腺素奔跑
身旁的女青年，小绵羊一样
楚楚可人。巴蜀短尾猴的军大衣
将月光捂到兵团百灵鸟的肩上
有风有月的寂静冬夜，瞬间
点燃老房子，酿成的火灾
烧裂了老兵刘情感的闸门
字典翻烂，山盟海誓甜言蜜语
一个个出列，天山雪莲般地
绽开在那个有着蜂巢的播音室
退伍令随着冰雪降临
传说中的情缘，如同孔雀河水
断流，瘦成了风干的标本
（嫂子至今还不知道吧？我准备
马上发个告密的短信）

乌什塔拉，想起你我就想起
你褐石裸露的胸膛，永远
闪亮着阳刚。岩鹰盘桓的蓝天
流淌着宝石的光芒，毡房棋布
宛若陨落在草原的云朵

还有，那三千年不死
死而不倒，倒而不朽的胡杨林
像战士一样威风凛凛
乌什塔拉，你让戈壁不再
萧索凄冷，雪融于绿洲的斑斓
牵来夜晚更温柔的月光
砂砾般散落的乡愁
在荒原的皮肤愈合，结痂脱皮
焦虑植入根须交缠的土地
渐渐挺拔成骄傲的白杨
我从此学会了站立的姿势
完成了，一棵树的成长过程
依偎在乌什塔拉葱绿的怀抱
青春不再悄悄地隐忍疼痛
目光炯炯，无论清晨还是黄昏

此刻，童话般洁净的江岸
星星诡异地约会潮汐
似乎正密谋着新一轮伏汛
蜿蜒的小路，咬着游人的鞋子
如水的月光，煮沸水乡的离愁
弥漫起天山的别绪，且惜且行
乌什塔拉，想起你我就想起
博斯腾湖鲜美的五道黑鲫鱼
马奶子葡萄，哈密的瓜，库尔勒香梨
焉耆额吉香喷喷的奶茶
买买提大叔琴弦一样的皱纹
罗布泊最后一滴咸水，干涸在
我的眼睑里。沧桑岁月
游弋不再年轻的双鬓

记忆的碎片，早已风化成
古楼兰嘶哑的钟声
乌什塔拉，乌什塔拉
你在边疆版图上起伏的沙丘
纵横的沟壑，以及鸽哨
掠过天际的一行行风痕
是嵌入战士心中怀旧的密码
像一枚荡漾在坎儿井深处的
随时，都可以被唤醒的指纹

今晚的月色，多么美好
乌什塔拉，真想把你搬来
长江边，奉为窗前小巧的盆景
诗人说，乌什塔拉足够小
足够小小地摆放下，我们
内心的这一片荒原
我说，你也足够辽阔
辽阔得网下了茫茫沙海的
孤烟落日，以及绿树成荫
你是营房上空永远司晨的军号
是官兵沾满尘土战衣的剪影
你是战士血液里流淌的心灵驿站
是弹不厌的冬不拉，是每一个
饮过你甘泉的军人的精神图腾

乌什塔拉，乌什塔拉——
忘不了你的蓝天，你的草原
你的骏马，你的雄鹰
你绽放的马兰花脱俗幽静
乌什塔拉，乌什塔拉——

忘不了你的鼓点，你的琴声
你的那达慕，你的叼羊节
你巨人臂膀般的蘑菇云
乌什塔拉，永远的乌什塔拉
果然不负我一步步跋涉的艰辛
从军的履历，总是让我热血沸腾
有着当兵的历史，一辈子
也不会遗憾的男人，踏天门烟浪
遥问西域：乌什塔拉，你看我可配
可配当年，那一身缀满汗珠的戎装
那一腔草绿色的伟岸军魂

【注】

[1] 乌什塔拉：维吾尔语原音为"乌夏克塔勒"，小柳树之意。乌什塔拉回族民族乡隶属于新疆巴音郭楞蒙古自治州和硕县。中国第一颗原子弹诞生地——马兰基地位于该乡境内。

# 祝 福

跳不好刀郎舞
弹不好冬不拉
献你一个维吾尔族礼
抚胸含笑腰微哈

我尝过奶葡萄
我吃过哈密瓜
各族人民的恩情啊!
此辈此生难报答

真想当个新歌手
情切切歌遍天涯
赞颂祖国的边疆哟!
这山这水,这草这花

真想是个舞蹈家
意绵绵舞动云霞
祝福未来的幸福哟!
更香更甜更美更佳……

## 哨所墙报栏

哨所的墙报栏，崛地而竖
每一期都那样的引人注目
坚定、英武、刚强、拒腐
是边防战士形象的雕塑

和战士一样胸怀，一样筋骨
和战士一样无畏，一样高矗
擒敌狩猎是醒目的题头
峡谷飞瀑敲出催征的战鼓

看这期专栏特刊，猛似排炮
刺刀下复辟狂周身毂棘
《春苗赞》是民兵班的集体投稿
《顶峰上》是勇士们反击的战书……

创刊：文化革命初
主办：党团小组
读者：战士、雄鹰、雪疆松柏
监评：波瓦、额吉、沙迪克大叔

墙报栏——哨所的歌谱
墙报栏——时代的银幕
战士的心音你——显现
斗争的风云你频频映出

好啊，边疆的忠诚哨兵
好啊，戈壁的红柳一株
战士行列中的一员呵
今天正式批准你入伍！

戈
壁
缘

# 戈壁行

朋友问：你讲"戈壁"，戈壁何处觅？
我答道：摊开地图望西去，一指九千里
朋友问：你讲"戈壁"，戈壁为何意？
我答道：欲知究竟随我去，词出蒙古语……

说那是风沙世界哟，并非鼓嘘
有人筑路钻矿见惯了，黄风熏透云霄
说那是不毛之地哟，信否由你
有人考古探险走遍了，难得绿荫一席

就我所知，月球的温差才不过如此迥异
日起日落昼夜间，俨然变换了冬夏两季
据我了解，出土的珍珠只不过这般稀奇
云来云去终年内，不见丢落过雨点十粒

怎么，竟有这样一些娇宠成性的人？
没容我略略一叙，竟惊得呆若木鸡！
哈哈，真有这样一种胆怯懦弱的人
不待我稍稍谈及，早吓得不寒而栗……

我呵，就偏爱在戈壁上跋涉
肩头钢枪斜挎，手中缰绳倒提
我呵，就喜欢在戈壁上驻扎
芨芨丛中睡眠，卵石堆旁小憩

问狂风，问流沙，我一日巡逻近百里
何曾顾忌，何曾畏惧?!
问骄阳，问暴雪，我一年汗水流四季
何曾回避，何曾厌弃?!

既然要领略戈壁风光哟
只有这样，才会觉出磅礴诗意
既然要享受战士生活哟
只有这样，才会感到无上乐趣……

莫问胡杨林为啥那般顽强抵挡沙漠南移
那好比我保家卫国，祖国在心里，枪在手里
莫问坎儿井为啥那般不倦浇灌绿洲花絮
那好比我戍边垦荒，镐在手里，祖国在心里

哦，驼马撒蹄急驰，可因它们向往草地？
你愿尝受生活的美好，也该向着崇高未来奔去
哦，鹰隼鼓翼奋飞，可因它们热恋云际？
你愿体验人生的幸福，也该向着崇高理想冲击

朋友笑了：几年不见，你变得更加俏皮
我说：都是因为隔壁红柳给予我宝贵启迪
朋友笑了：几年不见，你倒是分外坚毅
我说：都是因为艰难岁月给予我严峻洗礼……

## 和硕草原

正因为受了诗的挑逗
我才早早地对你情窦敞开
正因受了歌的蛊惑
我才深深地对你怀着期待

万里征途哟，莫问我多少阻碍
我只想扑向你宽厚的胸怀
缠绵相思哟，莫问我可曾懈怠
我只想一览你艳丽的神采

你的青草、你的红花、你的绿柏
就连你甜润的泉也溢着直率
你的骏马、你的雄鹰、你的云霭
就连你温馨的风也流着豪迈

忘不了的琴弹哟，忘不了的鼓拍
一路之上，都能听到你跃动的命脉
忘不了的舞会哟，忘不了的骑赛
所到之处，都能看见你生活的色彩

和硕草原，边塞的指路牌
果然不负我一步一步跋涉而来
和硕草原，青春的检阅台
你看我可配这一身军绿色穿戴……

# 邮

我把信
投进绿色的邮筒
它匆匆一跃
甚至来不及吻别
便飞了

它将飞向远方
把一个封口的秘密
送到边疆的卡哨

我担心
那一路风雪
一路冰雹
会不会打湿它的羽毛

我担心
它那样胆怯
那样娇小
能不能驮负
一个乡女的祈祷

飞了
我心灵的鸽子
千万莫偏了轨道……

## 想起了博斯腾湖[1]

吹着凛冽的江风
看着浑浊的江水
忽然想起了服役的新疆
想起了戈壁深处
那一泓清澈的博斯腾湖

那一年
还是新兵的时候
喝着长江水长大的我
穿着宽松的绿军装
来到荒无人烟的
塔克拉玛干大沙漠
戈壁的气候
很快风干了体内残存的
江南的湿润

初夏的某一天
突然见到了
比长江还宽阔的
博斯腾湖
久违的亲水冲动
仿佛回到了天门山下
摸鱼捉虾

相传这碧澄的湖水
是尕亚姑娘为失去爱情
流下的眼泪汇聚而成
我感动得在湖中
将来自长江的泪水挤出
终于解决了
水土不服的困扰
身心融入了这片
有着红柳沙枣体香的
土地

【注】

[1]博斯腾湖：博斯腾湖位于新疆巴音格楞蒙古自治州，是我国在内陆最大的淡水湖，孔雀河的源头，中国重要的芦苇生产基地。

## 从军三十年吟

放下没有课本的书包
心胸中郁积着星星般的杂沓和絮烦
穿上没有帽徽的军装
思绪里咀嚼着青草聆听夜风的呢喃

八千里漫漫征程，让我们喜形于色
却又如此压抑地不动声色冷眼看风云
十九节车厢组成的闷罐军列呼啸西去
在动乱时代庄严地清点自己纷繁情感

记忆中粘人的沙棘
像怒放的红木棉
像久违的青苹果
像挺拔的边疆卫士
如今的回放
如此刻骨铭心
如此感慨万千
肩头钢枪斜挎，手中缰绳倒提
芨芨丛中睡眠，卵石堆旁小憩，何等诗意
独身行走在旷野上的我们大声吟唱，迎风呐喊

何必再苛责读书无用的口号耽误我们火红青春
真该感谢戈壁荒漠狂风流沙赐予了太多紫外线
难忘红柳、沙枣、白茨

感叹着大地默而不争，厚德载物
曾经浪漫矫情的年轮
早已被都市喧嚣得锈蚀斑斑

三十年，已经逝去不可复制的三十年
我们生命是母亲赋予
可我们真正懂事
却应该是穿上绿军装出发的那一天

戈
壁
缘

# 我是来自沱沱河的野骆驼

我来自唐古拉
牧场优良，湖泊众多
冰塔林立，山势巍峨

以野草灌木枝叶为食
喝下的盐碱水又苦又涩
灵敏的嗅觉和遗传的记忆
源自你，沱沱河

我的小伙伴是雪鸡牦牛黑颈鹤
从冰川走出，我终年生活在荒漠
戈壁中逶迤奔突，栖息洼地盐泽
顽强的生存能力让我从不寂寞

我的前世，肯定是
在密如蛛网的冰峰里穿行的
一只沱沱河的野骆驼

# 大 西 北

轮渡过了长江，新兵们
就一路西行，闷罐车不断地
告别江南驰过中原
秦岭的风，将车轮的轰鸣声
谱成进行曲，皲裂的嘴唇告诉你
可以伸出舌头，舔舐大西北

列车，像不知疲倦的骆驼
刺破夜幕抖落星辰，来不及
用惊鸿的眼神去看窗外的心事
呼啸而过的灌木集体沉默，谛听
红柳林、芨芨草和马兰花为你描述
中国西部戈壁滩最真实的四季

大西北的绿色是奢侈的
干渴的鼻孔里嗅到的，都是
陌生而浅醉的气息，比如
草根、花蕊和偶尔的水滴
穿上漠风漂染的绿军装，就是
穿上了黄河水，穿上了黄土地

到了大西北，我像一尾江南的
小鱼儿，欢快地在沙海游弋
铁干里克热情豪放的买买提

乌什塔拉养在深闺的阿依古丽
天山，塔里木，雪莲，冬不拉
都是我新结识的姐妹兄弟

## 押运军火

我记得，那一年我刚刚20岁
军装很不合体，葡萄叶子般鲜艳
在大河沿，我第一次吃马奶子
班长说，吃一颗就会醉的，很甜

顺便说一句，大河沿又叫吐鲁番
当兵的都这么叫它，一个驿站
那个夏天和其他的夏天毫无二致
火焰山在不远处，展示紫色的威严

戈壁滩和北京有两个小时的时差
所以夕阳的告别总是步履蹒跚
维吾尔族小伙弹奏着冬不拉
几个阿依古丽欢快地起舞翩翩

而我内心一直忐忑不安
全副武装坐在吉普车里像一只警犬
我守护着威力巨大的军火
核爆装置的引信，蘑菇云即将升上蓝天

多年以后我发黄的档案里
有张揉皱的1975年嘉奖令的纸片
签发人是方团长和政委老袁
上面的字眼至今轰轰作响，弥漫着硝烟

## 警卫员帐篷里的那些天

已记不得您的姓名，请原谅我，首长
我们朝夕相处，在大漠深处安营扎寨
那是一个没有蝉鸣没有绿色的秋季
野骆驼和黄羊在戈壁撒欢，我倒记得

初次见面您悄声问我的年龄籍贯
说芜湖啊，知道知道，鱼米之乡
然后告诉我，驻扎地叫甘草泉
前面的辛格尔兵站，蒙语意为"男子汉"

这顶帐篷有将军您坐镇，就是最高指挥部
我的军旅生涯如此接近闪耀的将星
让我从此以后一直挺直腰板，像一株胡杨
在人生的道路上披荆斩棘，风雨兼程

南山核爆的一声低吟，如狮子抖动鬃毛
冲击波一路西去，华尔街的钟摆瞬间紊乱
欢呼的声浪淹没了帐篷，还有女兵的尖叫
我难得看见您满脸的皱纹舒展成马兰花

已记不得您的姓名，请原谅我，首长
但我永远是您的粉丝，永远永远
帐篷里曾悬吊着我们共同挖空的大萝卜
透出碧绿碧绿的缕缕缨子，您也一定记得

# 1976年库米什的那个夜晚

后来我才知道，天山脚下的库米什
是吐鲁番盆地最偏远的一个小镇
距野骆驼的故乡托克逊有100多公里
绝对没有我女儿小时候憧憬的那般浪漫

1976年夏天的一个夜晚，你难以想象
我匍匐在库米什的沙丘，像只阿尔泰隼
漠风芨芨刺一般窜进耳鼓，戈壁滩的夜很冷
月光横卧在倒伏的胡杨枝干上，簌簌发抖

本来，我应该与库米什毫无渊源
一身绿军装让我踏入戈壁
今夜听从刘副连长差遣，我感觉到了
他竟然比我还胆小，说话时舌头嗖嗖打战

那个夜晚库米什留给我的记忆就是漆黑漆黑的
老刘的借口很笨拙，匆匆躲进兵站壮胆
偌大无垠的戈壁，我从鹰隼变成了失魂的黄羊
恐怖和惊悸，《鬼吹灯》《盗墓笔记》都不值一提了

1976年，库米什的那个被炎热冻僵的夜晚
逃犯越狱，全疆通缉，搅散了我们的八一会餐
后来，山西籍的老刘完成了老鼠到豹子的蜕变
坐拥煤山，再后来，结局没有想象中的温暖

## 博斯腾湖游泳

瓦蓝瓦蓝的天幕倾泻下来
戈壁滩如此柔软清冽
像一只发情的孔雀
荒野瞬间炫耀地开屏

这是一条河流的母亲
鼓胀着充满汁液的乳房
无数张干渴的嘴唇
呦呦鹿鸣，嗷嗷待哺

这里让人迷失了中国地理
伙伴们剥光了衣衫跳进湖水
把汹涌的博斯腾穿在身上
喧哗成赤裸裸的芦苇林

故园情

春天里离别的乡愁
装满了板石岭一草一木的记忆
装满了黄蝴蝶红蜻蜓和夏夜的蝉鸣
灌一壶山间溪流权作酒
裹一身村头炊烟踏征程

## 江南·江北

浩浩汤汤的一江春水
流淌出血脉相连的江南江北
江南，万物复苏百花争妍
江北，风和日丽草长莺飞

芜湖的江南秀
芜湖的江北美
江南天连湖，江北湖接苇
江南的山，峰峦叠嶂苍林茂
江北的水，天光云影映芳菲
江北汉子粗犷，江南少女聪慧
江南的牧童晨起吹短笛
江北的姑娘春舒柳叶眉

江南，干将莫邪铸炉淬剑锻传奇
江北，霸王虞姬设帐招兵风云汇
李白江南吟哦天门中断楚江开
米芾江北泼墨枯木竹石任描绘
戴安澜将军生在江北长眠于江南
李克农将军生于江南而祖籍江北
江南的小燕子演艺震海内
江北的许海峰一枪惊北美

江南的小九华香火缭绕

江北的锦绣溪雅致妩媚
江南的马仁山鬼斧神工
江北的竹丝湖绿绦低垂
江南的陶辛圩风情万种
江北的万年台云蒸霞蔚
江北的板鸭席草剔墨纱灯誉满天下
江南的铁画梨簧目连戏曲传承千回

江南人先知足而后知不足
江北人有所不为则有所为
跨江发展的芜湖江南江北
借长江大桥双双挽起手臂
像一颗应时发芽的种子
像一炉正在熊熊燃烧的煤
三百八十四万勤劳的芜湖儿女
将美好的梦想书遍大江南北

此刻，我真想穿上蓑衣
撑一叶扁舟，从江南摇到江北
扬帆罢桨，搭跳拢岸
驻足浩渺，赏碧波叠翠
然后啊，大声发出邀约——
江南，请端起酒盅
江北，且斟满江水
就着这秀色可餐的盎然春光
为幸福芜湖、美丽芜湖
为大美芜湖的江南江北
将这满江的澎湃一饮而尽
干杯！

## 天门山，与李白对话

一行"黄河之水天上来"的诗句
把那条著名的大川
全都酿成了酒，酩酊了千年

独酌花间，在皖江步影零乱
你踉跄地喝令天门中断
金樽满溢着楚江的点点孤帆
一壶酒，醉倒了多少笔墨纸砚

鱼儿衔一页残稿随波逐流
浪花推涌出梦回大唐的咏叹
我捡起一块鹅卵石砸向历史
惊起江鸥四下飞散

攀上江岸突兀陡峭的山岩
蜡梅已悄悄地暗香弥漫
我寻找你兴之所至扔掉的酒盅
好奇地猜测着，你那天的晚餐

两岸青山碧水回旋
唤一声纸鸢，裁下晴空中那朵
千载诗魂游弋的白云
祭拜你这爬满诗虱的长衫

# 中江塔

斗拱出挑，扼守青弋江口
飞檐戗角，镇锁扬子波涛
百年如一日，俯视着人间冷暖
回眸一瞥，耶稣圣像藏着那西式的微笑

你有江南渔民的朴实外貌
你有古代将军的威武雄枭
塔顶，常常环飞着清脆鸣啭的水鸟
塔根，还毕毕剥剥地燃着祈祷的火苗……

曾经，你是江河泛舟者的篝火航标
曾经，你是涯岸守夜人的水上华表
如今呵，你是滨江公园竖起的大拇指
仰天笑看滚滚江水大浪排空奔腾呼啸！

中江塔，你是鸠兹建筑的文化标杆
中江塔，你是江城古老的中国制造

## 潮 音 街

潮音街，潮音街——
我一直在江边
苦苦地把你找寻
临江桥上，每每放眼
只见炫目的波光粼粼
莫非，莫非你早已
化为浩瀚的风景？

长江，在这里
卷起了转向的漩涡
迤逦北去，岸裂涛惊
呼应着，千百年
徽商若潮的喧嚣奔腾
潮涨潮落，潮落潮涨哟
所以，才有了这街的命名？

如今，你只被镌刻在
社区铮亮的铭牌上
逝去了曾经的
气势雄浑浪花淘尽响遏行云……

我终于，明白了
明白了你隐于市井的原因
心灵，一旦失声
就永远不会有澎湃的潮音

# 箱子拐

据说，你的名字
来自20世纪30年代
江边的洋码头，还有
编就的新草鞋
那口口相传的民间小调
送郎送到青石街
期期艾艾的痴情姑娘
目送着小货轮
将浩瀚的江水缓缓犁开……

情郎开差
留下孤独的姑娘
将哀怨的泪水
从眼底滴落到脚踝
再汇成相思的滚滚洪水
泻入大江
让扬子江的水位陡涨
溢出了心的梯阶

于是，于是一个美丽的传说
诞生了，却经不住
岁月烟尘的厚厚掩埋
我真想责怪，责怪家门口
盆塘沿的爷爷奶奶

明明是相思角啊，相思角
却偏偏方言成这毫无诗意的箱子拐！

故
园
情

## 寺码头

真的是很遗憾
我们一直未曾谋面
居然，已错过了几百年
皖江最早的生产力要素——
寺码头呵寺码头
你，让我深深地眷念

在水陆要冲，通商口岸
你目睹了，十里长街
源源不断运来的——
珠玉、马匹、丝绸、瓷器
茶叶、木材、大米、食盐
从官员的丰厚俸禄
到百姓的粮油薪炭
你见证了芜湖米市的
兴起、发展、繁荣、绵延
以及式微，以及渐行渐远的光环

在贸易专著汗牛充栋的今天
你哦，就像一个睿智的先贤
其实早在19世纪，就已经
构思着漕运物流经济的厚重开篇

# 状元坊

中二街，状元坊
芜湖地图上一枚褪色的印章
本埠史上翘楚，几乎被人遗忘
南宋大状元，张孝祥

状元致仕归隐
时光易失，雄心徒壮
望隔水毡乡
叹落日牛羊
捐田百亩汇而成池
于是，有了陶塘
有了《旅游指南》上的镜湖
我们的人间天堂

于是，还有了无边的美景
让人流连忘返，徘徊徜徉
芍药樱桃，杏花碧莲
合欢凌霄，雏菊海棠
烟雨墩，观澜亭，琴余别馆
禁蛙池，梧桐巷，归去来堂

如今，步月桥畔
两湾斜照水
泛滥潋滟波光

犹若两盘刻录了历史的碟片
伴随着状元的雕像
终日浅吟低唱，荡气回肠……

在
大
地
上

## 扁 担 河

据说，你曾经叫大信河
陆游来过，欧阳修也来过

只因你横亘江东，勇敢地
挑起了两条大河，千百年
造福乡梓，哺育蚕禾

历史，被翻阅到这个夏季
湿地的味道，仍然有点青涩
我用目光丈量着波光粼粼的潮汐
突然有着亲近你的饥渴

河床旁，有块独一无二的石头
仿佛在无声地证明着什么
泊浦烟墟，波中网罟，鸣雁霜葭
都是时光卷轴留下的篆刻

哦，扁担河，扁担河
你一头系着浸满水渍的沧桑过去
一头挑着城东未来美丽芬芳的歌

## 老海关钟楼

8号码头，江城妇孺皆知的8号码头
曾经，并一直矗立着的老海关钟楼

历史烽烟的裹挟，让中西建筑
在这租界区里奢侈地邂逅
平添的教堂、医院、太古楼
那一幢幢，西式风格的洋房
傲气地耸着肩，昂着头
仿佛是混凝土浇筑的护照
嘲笑着中国，嘲笑着芜湖的
落后

然而，这毕竟是芜湖也是皖江
最早冷眼向外看世界的窗口
历经百年沧桑，你早已斑驳破旧
苍凉的钟声已经远去，再也
没有那如泣如诉，那血色残阳
没有那雾过沧桑，那风雨满楼

不平等的《中英烟台条约》
早已被岁月尘埃，蒙上层层污垢
随滔滔江水逝去的，只是
那些屈辱，那些愤懑，那些魔咒
永不消失的，是大浪淘沙后的

那些警醒，那些砥砺，那些追求！

8号码头，白天18路、27路
夜间106路的公交大巴，甚至
傍晚散步，都可以抵达的8号码头
那里，默默矗立着的老海关钟楼
分明就是哟，芜湖肌肤上的
一粒牛痘……

故
园
情

## 案头一点是工山

揽一怀缤纷的祥云
点燃冶炼的火种
攥一缕悠悠的古风
听商周战马嘶鸣

在九华山脉的胸脯上
赫然耸起，斑斑铜绿
仿佛锈蚀了
古今南陵的千万载黄昏

江木冲周代采治
挖掘矿石锻造传奇
塔里牧铜草，异香扑鼻
花似玫瑰紫的美人唇

铁凿木柄平衡柱
石球石钻铜斧铜锛
辕犁竹矛青瓷豆
硬陶罐菱形结冰锭

白云飞还万壑千岩
芙蓉削翠案头一点
青绿尽染，色凝螺黛
嘉靖进士梅鼎祚掷笔醉倒在山水间

古铜矿遗址像一个满腹经纶的
沧桑老人，心底深藏着
神秘而悠远的家国记忆
寂寥厚重，温暖而绵淳

大工山，你是中国矿冶史册上
青铜色血液写就的
第一行诗文，你是长江南岸
气势恢宏的楚式大鼎一尊

故园情

## 岁月锈蚀的周瑜点将台

江滩上的一颗细细的砂砾
是我不慎掉落的眼珠
来不及弯腰捡拾
苏东坡《念奴娇》里的
一个浪头打来，把我冲涌到
曾经属于东汉末年的南陵

血色狼烟早已散成了
漳河上空的晚霞
风干千年的麻石板车辙
腊肉般躺成琥珀色的化石

这里，就是周瑜点将台么
昔日繁华如此凄婉
像一幅寒气逼人的陈年悲怆油画
远处，几声狗吠里渗出了铁锈的气息

看不到长戟杵地弓弩射天
刀枪都入库了，战马去了南山
再也难寻公瑾威风八面羽扇纶巾
空留着偃旗息鼓之后破败的断壁残垣

将军，我若早生一千八百年
一定携一腔热血，呐喊着

高举铁脊蛇矛攥着蒺藜棒
疾跑到你撒豆成兵的点将阵前！

# 路过香油寺小乔墓遗址

碧澄的青弋江水，缓缓地流淌
偶尔也泛起涟漪，像个贤惠的女人
即使香消玉殒，也不会轻易掀起波涛

香油寺西苑，曾有一块坡地凸起
似少女胸脯、孕妇肚腩般精巧
汉代美人最后的归宿也如此性感
铜雀春深的名媛，高贵而低调

我来看你了，公瑾将军夫人
或者叫你一声周太太可好
有点时髦，知道你最喜欢的
还是那千古流芳的名字，小乔

本埠雅士卫华先生
你夫君本家，一样文韬武略才高
他曾在报章诙谐地穿越时空
洋洋洒洒，将你侃侃而聊

无论钟情夏花冬阳
还是喜欢秋梨春桃
墓穴虽早已夷为平地
如今在古春谷南陵，小乔
已成为称呼美女的符号

在乡野山径，在闹市街道
只要看见芳龄曼妙的姑娘
以及丰腴成熟的少妇
没错，一声"小乔"的呼唤
定能赚来朱唇轻启
抑或，还有飞吻羞娇

路过香油寺，我手捧一束
缀满诗歌的鲜花为你扫墓
祭奠你，永远不老的小乔

故
园
情

# 黄墓渡口谒黄盖衣冠冢

出芜湖南行
半个时辰光景
漳河的黄墓渡口
埋葬着你
都尉偏将军的魂灵

草船借箭，你是
第一支箭镞
刺中了赤壁的心脏
火攻船阵，你那
苦肉计的鲜血
就是第一粒火种
煮沸了江水
烧毁了曹家军

如今
再也没有了鼓角连营
没有战袍裹身刀光剑影
历史的尘埃
无法淹没一个盖世英雄
以及，你那被鞭笞过的
皮开肉绽的脊背

## 冬夜初访奎潭湖

清人强立骈俪的辞赋
成了我，寻找你的小路
我像一尾鲢鱼游弋而来
将湖水搅出一圈又一圈波纹

黄昏早已从手中滑落
踉跄的身影倒映湖中
弯勺一样婉约的朦胧夜色
岸拂花低，风牵藻动

龙墩、莼墩、荷花墩、妻鹭墩
鱼墩、龟嘴墩、芰荷梗
环水的七个岛屿，演绎着
童话般的星空北斗下凡尘

奎，本来就是星的名字
难怪满湖星宿缀满晶莹
闪闪烁烁的波澈琉璃
在夜空神秘地眨着眼睛

寺院的钟声早已远去
今夜零度，湖水尚未结冰
透着墨香的奎潭湖流光溢彩
就像不会冬眠的北斗七星

## 醉倒在李白的仙酒坊

真是吃了豹子胆
我竟想用诗歌和你对话
即便引用班门弄斧的典故
都属高攀

仙酒坊豁口的井沿
也在用嘲讽的眼神
瞪着我，手下的键盘
早已大汗淋漓

院墙角落，你大快朵颐后
随手扔碎的酒盅残片
还在蓬蒿丛醉着，有着
老春甘醇酵母的味道

在你仰天大笑出门去的地方
我寻找着你醉后脱下的紫袍布衫
温一壶你邀来的月光
将半杯盛唐，一口喝干

## 七华山猜想

一直怀有敬畏之心
我始终，没有走近你
牡丹染之灵石濡之
我心驰神往的，七华山

仲冬的一天
我信步登上赭山
俯瞰着浩瀚的江水
怀想着地藏王金乔觉的当年

九华行宫广济寺，地藏王讲经开坛
九龙戏珠印纽，刻有唐至德二年
从此便香火旺盛，佛赐赭塔晴岚
小九华，无可争议的一华山

我用目光虔诚地丈量
从一华山到九华山的佛法距离
峰峦秀起，奇葩鹊岸
茂林修竹间，凸现三华山

我闻隐静寺，山水鸣奇踪
循着禅声，李白在云烟氤氲处咏叹
地藏王在此修炼佛法
山脉形似五龙戏珠，故曰五华山

峭拔凌霄的东南第一山峦
九峰莲花，空灵旃檀
声名远播的地藏王菩萨道场
佛教之圣地，赫赫九华巅

一三五七九，本该五座山
丫山，隐于花海石林已经千年
你的乳名源于地藏王的仙踪脚印
根本就不是低眉颔首的丫鬟

难道你就是佛国的灰姑娘
刻意隐姓埋名以卑微的身份出现
九华之尊，根在七华
你早就应该浴火重生凤凰涅槃

佛门法庭曾设立于南山寺
寺庙一应事务皆由僧会司主管
金乔觉钟爱的斑竹无骨鱼碧鸡鸟
至今仍婆娑聚碧，不离池岸

请史学家们去故纸堆里训诂考证吧
让佛学家们诵经持咒接引众生吧
我用诗歌遣词造句燃香礼赞
穿上水晶鞋的丫山，佛赐七华山！

## 大浦,大浦

端午时节，江南
205国道，大浦

天，是晴的
没有雨，也没有雾
濒南，是遐迩闻名的
诗仙李白醉酒的坊埠
眺西，有四季澄碧的
奎潭湖，和东汉偏将军
春谷长官黄盖墓
乡村的清风，裹挟着
昨夜的湿露，扑面而来的
晨曦，把鹅黄色的珍珠
洒满了一路

廊桥，广场，以及
美轮美奂的别致建筑
露天休闲，环湖景观
千奇百怪的热带、亚热带植物
太阳能风车，地源控温热泵
还有自动控制的遮阳网幕
精致典雅，而又充满
现代气息的乡村情愫
将刀耕火种的原始农耕文明

故园情

彻彻底底完完全全地
改写，甚至颠覆

亭台楼阁，山水瀑布
绿树成荫，花团锦簇
将腐朽化为神奇
使每棵小草，每株大树
每平方米泥土，都增值成
时髦的生产要素
大浦，莫非你传承了
开采大工山古铜矿祖先的风骨
如此气宇轩昂地
指点江山，大刀阔斧
百万年渔猎采集
五千年耕作养殖
绵延厚重的悠久历练
铺陈出如今这壮美的画图

地处皖南丘陵地带
滚滚长江就在不远处
大浦，却也拥有不长的海岸线
位于北纬30.38度和
东经117.57度
这不是天方夜谭，且看那
海啸来袭，波涌浪呼
人生竟如此奢侈，在大浦
惬意地消费灾难，体验
地震与海洋翻脸决斗的追逐
来吧，孩子们
尽管略带腥味的暴风雨

无情地肆虐着稚嫩的皮肤
我们却从大浦，从海啸馆
汹涌澎湃的浪底，勇敢地浮出
立体地理解了，生命的
长度、高度与宽度

抿一口黄酒，马头墙
拈一块茶点，百善酥
聆听李太白仰天大笑出门去
遥想孟浩然开轩面场圃
大浦，我竟如此的流连忘返
迈不开离去的脚步
远处，七八个慵懒的海外游客
粽子般，横躺在芳草地上
把端午的阳光，捆住
然后，歪歪斜斜地七仰八叉
像散开的艾叶匍匐
他们，可还记得哟
回家的归途

中国安徽、安徽芜湖
芜湖南陵、南陵大浦

# 一天门

拾阶而上，凡夫俗子的心灵
便一片宁静
当年地藏王金乔觉泛舟渡海
曾在这里结茅修身，仿佛
大师的成人礼，是在这里举行
然后广济天下，普度众生

地藏宫，药师殿，滴翠轩
青幢碧盖，浑然天成
九华山的镇山之宝，砂金铸就的
九龙背纽金印，宝若连城
凡朝九华者，必先于此
进香朝觐，犹如领取佛门的签证
芜湖小九华，一天门才是
九华佛教圣地的山门

如今，关于你美丽的传说
早已将苦难滤尽
战乱焚毁，波云诡谲
都已风化成历史的烟云
穿过岁月的钟声，我就是
香客的香袋和僧尼的度牒
皈依于淡定的山峦，步履
轻轻，轻轻

## 联赠佛寺

昨天，在号称小九华的
广济寺
仁煜方丈请吃斋饭
主题是四褐山新庙宇求联
善哉善哉，我婉拒了就餐

庙宇的香火尚未点燃
也没有缁衣木鱼蒲团
遥望肃穆的滨江大雄宝殿
心已皈依，随性随缘

仁昭江湖依山傍水民乐广济为永乐
煜佑廊庙坐地承天佛心普熏即凡心

一朵花开的时间
暮鼓晨钟，无声地绽放
刹那，便是永恒
南无阿弥陀佛，南无阿弥陀佛！

# 青弋江水清又清

除非不是南陵人
否则，只要读了标题
咧开着的嘴，一定会像
奎潭湖盛开的荷花

从黄山山脉走来的青弋江
掬一捧嗅着
肯定有松针浮动的暗香
清韵里夹带着
桃花潭的踉跄微醺

以一袭温婉的姿态
从皖南缓缓淌来
轻数着流年的时光
四季吟唱着
旖旎缠绵的情歌

许多个早晨
你把春风系上杨柳
拂桥而过
搅出了一江喧哗
分不清
是姑娘的呢喃低语
还是嫂子有点不羁的笑声

# 桂香板石岭

满树细碎而温软的月色
洒落在苍翠的枝头，点点星星
一缕缕关于秋天的暗香
就这么轻轻地，轻轻地摇曳着
悄然盛开了，如此温馨

春天里离别的乡愁
装满了板石岭一草一木的记忆
装满了黄蝴蝶、红蜻蜓和夏夜的蝉鸣
灌一壶山间溪流权作酒
裹一身村头炊烟踏征程

我走得越远，走得越远啊
心就离家越近，离家越近
因为，板石岭醉人的桂花
会如约绽放，落满星光的那一粒粒金黄
仿佛是故乡的姑娘在眨着迷人的眼睛

板石岭，仲秋幽香弥漫的板石岭
月色朦胧的桂树下，有母亲的殷殷叮咛
午夜的钟声，即将响彻美好乡村
悬挂在空中的那一轮圆月呵
就是我们刚刚点燃梦想的孔明灯

# 鸠顶泽瑞

曾经，这里是
城市机器运转的
中枢神经
历史，将铭记
它的最后一道
亲情指令
仿佛，一夜间
变得如此开阔——
四季怒放的鲜花
气势恢弘的长廊
满目铺陈的绿茵

无数市民
用专注的眼神
惊叹着，梦幻
竟如此贴近
鸠顶泽瑞
多么像——
一枚城市的钥匙
一柄亲和的手杖
一方市民的金印

## 镜湖月夜

又是一个
圆圆的日子
好心情，徜徉湖畔
随天穹，把月亮揉碎
泼洒出粼粼波光

皎洁的月色
搅拌着安详
中和着都市的喧嚣
让柔和与娇媚
铺满广场

仲秋的镜湖
空中，有盘碟片
把鸟鸣和潮汐
满屏播放
古典般婉约
律诗般悠扬

镜湖，是今晚
最圆的月亮……

## 香榭票友

三五个老者
扎堆湖边
吼一声"包龙图"
叹一折《秦香莲》
一招一式
有板有眼
丝丝入扣
字正腔圆

如此恬静的城市
拥有一隅
喧闹的香榭
豁达，淡然，乐天
湖光因之激滟
柳枝随韵而颤
琴声越发幽闲
哦，好一出
百姓乐谱的和弦……

## 滨江雕塑小品

### 一 背纤

江边的晨曦里
我与你一家三口偶遇
你们前倾的身姿
将我茫然的目光击成粉齑

纤绳，拉直了我苍白的诗行
寻章摘句的构思
被一波一波的涟漪
"哗哗"地卷去

### 二 捣衣

轻拂刘海，满眼蓝天白云
微笑着微倾着，如此清纯
挥舞着棒槌，洗涤着生活的艰辛

三个赤脚的少妇，借着
江边黄昏的舞台
摆出了如此酷炫的造型

远去的渔舟，正乘着

欢快的暮色驶来
你们哦，永远是那最亮的航标灯

三　钓鱼

一扬竿，就注定开始
一尾鱼，告别水乡的故事
童趣，泛起一片涛声

兄妹俩用晨曦涂满全身
将鳞片剥落的童年
从波光粼粼的江心钓起

# 码头扛包工

小时候，爷爷不喜欢我
他离开这个世界已经很久
我竟然没有写过怀念他的文字

冬至前的一天，在滨江公园
我的眼眸被一线阳光刺伤
颤巍巍的码头扛包工与我撞个满怀

爷爷当年在这里苦苦劳作
爷爷扛包就是这样的姿势
爷爷流淌的汗水已经定格

爷爷曾是芜湖的码头工人
无论别人怎么理解这尊雕塑
我从心底坚信，这就是我爷爷

## 山水三山

春天的晨风，乍暖还寒
鸟儿唤我从芜湖一路向南
三山，三山，三山
青黛拂额头，绿水响在涧

古老的三山，历经岁月的冲洗
是储存在记忆里的一叠黑白胶片
灵秀峻奇是疏朗有致的线装书
烟波千顷是酣畅淋漓的水墨画卷

汉末周瑜开筑保大圩
唐末孙端戍守澹港滩
文天祥修五堰，引江水倒灌
元时从将军练兵千军岭
鼓声隆隆，撒豆成营盘
明朝中叶，地处要津的三山
老街早已摩肩接踵人喧马欢

李白的铜山寺，千年未拟还
泛舟长江边，月映峨溪练
姚鼐的三华山，钓得夕阳残
持螯诗性起，惊叹九十九间半

谢朓的春洲杂英铺满龙湖芳甸

王安石的桃花依旧奔放而深婉
杨万里江水煮茶，弥香久远
金乔觉的脚印留在了三华禅院

如今的三山，新枝茁壮十载
曾经的草木人间，焕发缤纷斑斓
欸乃归舟早已渐渐远去
繁花尽开犹胜渔歌唱晚

螃蟹矶没有残存儿时的模样
不见了墙角的蛐蛐老屋后的合欢
龙窝湖满脸沧桑地见证巨变
生态湿地滋润着碧绿碧绿的桂园

莲花湖公园从传说中走来
偌大的水面就是一朵盛开的睡莲
整个春天都在孕育着惊叹
但等芙蓉并蒂出得淤泥濯得清涟

夏家湖渡江第一船高擎风帆
峨桥是沁人心脾的香茗一盏
联合卡车的机器人轻舒猿臂
长江又有巨龙即将飞跃天堑
一方纸帕恒定安然心心相印
美丽乡村是梦中的农庄焦湾

三山的山，山间有叮咚的清泉
三山的水，水面有起伏的峰峦
山光树影藏掖着说不完的故事
如此春光大好，能不放歌三山！

## 芜湖，我的芜湖

很久很久以前，你一片荒芜
鸠鸟衔来长江浪花汇而成湖
从此，这块土地上的人们
细胞里有了共同的基因，芜湖

人字洞堆积着史前炊烟
那里曾经蛰伏着人类的始祖
春秋古矿冶的斑斑铜绿
深藏着神秘而悠远的家国情愫

南唐楼台森列的那些万家灯火
依稀可辨琵琶清冽，霓裳歌舞
北宋柯冲龙窑，青花白瓷之都
明时浆染四海，清代稻香五湖

十里长街市声喧嚣甲于江左
干将莫邪砥石淬剑赤铸燃炉
醉眼惺忪喝令天门中断的李白
纵横驰骋山水气象轩豁的米芾
张孝祥捐田百亩引江流入陶塘
吴敬梓花街挑灯书就儒林巨著

芜湖，东经118度、北纬31度
皖江最早开发开放的窗户

老海关钟楼苍凉悲壮的钟声
呻吟着《烟台条约》的强权屈辱
抗敌的硝烟曾经弥漫大江南北
渡江的官兵夜宿太古码头仓库
王稼祥先生醒着，站立在圣雅各
戴安澜将军累了，长眠赭山之麓

箱子拐角落里残留着情郎的吻痕
潮音街小巷边吆喝着熟悉的俚俗
中江塔笑看孤帆远影潮落潮起
寺码头仍有徽商来去匆匆的脚步

奇瑞的中国制造，方特的欢乐旅途
美好乡村春秋冬夏敲响喜庆的锣鼓
江南热土谱写大众创新的梦想乐章
江北新城弹奏万众创业的动听音符

芜湖，流淌在我汩汩血液里
莘莘游子是你播撒在他乡的稻菽
天涯海角不变的方言还是那样稔熟
芜湖，镶嵌在我铮铮骨骼间
浩浩长江是你殷殷呼唤我的横幅
让我风里雨里永远记得回家的小路

芜湖，我不离不弃的芜湖
躺在你的怀抱，我就是你的一粒水珠
芜湖，我魂牵梦萦的芜湖
离开你的视野，芜湖是我，我是芜湖！

故
园
情

四 野 风

不屈的鹰
翱翔奋飞的
就是两羽
你们，许杏虎、朱颖
多瑙河畔
在亲历炮火的

## 徽州写意

作为地理符号，你被
地图抹掉了，有些时候
像一叶不该沉没的清溪兰舟

作为文化一脉，你历史悠久
翚岭南北，史前西周
蛮夷属地，吴越春秋

追本溯源，犹如穿越时光隧道
眼前展现的时空丽景
是一帧璀璨夺目的徽派卷轴

我在黄山之巅仰望你
先贤辈出，俊杰风流
徽州哦，古老的徽州

# 新 安 江

见过这样滋润灵动的泉水么
皎洁如镜，晶莹剔透
见过这样溪清我心的甘霖么
千仞乔树立，百丈见鳞游

唐宋太多的文人骚客
将你描绘得赤橙黄绿
诗词歌赋，攀援青瓦白墙
铺满，你日夜喧嚣的古埠码头

新安江是一湾碧流
清澈见底，美不胜收
新安江是流淌的山脉
锦峰秀岭，苍黛如绸
新安江是美丽的徽州女人
典雅温婉，皓齿明眸
新安江是尘封千年的酒窖
醉倒过多少将相王侯

我说，新安江
就是徽州城邑的一条小巷
石阶茶肆，曲径通幽
新安江还是中国的一个季节
每年农历八月，但见那
排山倒海雷霆万钧般的钱塘潮头

## 屯溪老街

镶嵌在青山绿水间的
位于徽州的，一条
亘古贯今的集市，月圆月缺
凭借15世纪贸易的余韵遗风
成为中国最早的商业步行街

石道长长，街市逼仄
向我无声地抛掷着，那些
始于南宋的粉墙黛瓦
迎面，一股浓郁的古风神韵
险些让我一个趔趄

一枚徽墨，一方歙砚
研磨出浓墨重彩的岁月
朱阁飞檐彰显徽州的金石碑帖
一壶祁红，一盏屯绿
冲泡出雅致悠远的意境
褐红麻石板见证孕育程朱理学

砖雕竹雕，珠玉丝绸
瓷器陶盏，香菇石耳
木材花卉，食盐茶叶
法华釉瓷枕，春秋青铜器
这一切一切，让人目不暇接

徽州是一口天鉴方塘
屯溪老街，是那深塘泥底的藕节
如果说，明代珠算是中国的第五大发明
那么，我愿做一颗算珠
永远留在屯溪老街
留在
这个精打细算的世界

# 齐云山

峰峰入画，岩岩皆景
古往今来，你享有
太多太多的赞叹
一石插天，与云并齐
峭拔清丽地耸入云端
齐云山，你真的无愧于
这片孕育你的大自然

山奇，则奇葩异卉
水秀，就秀色可餐
石怪，乃怪逞披异
洞幽，而幽韵烛远

道教名山，福寿齐天
仙风道骨，性静心禅
道可道，非常道，玄之又玄
名可名，非常名，众妙之关
那数以千计的摩崖造像和佛龛
与黄山齐名的白岳，卓尔不凡

沐浴怡心，捧笏擎幡
诵经焚符，亦拜亦参
在这里做一次归隐灵魂的洗礼吧
天开神秀，地涌金莲

## 西递·宏村

在
大
地
上

西递宏村，是徽州圣母
孕育出的孪生兄弟
笃实绵厚，质朴纯真

这是中国画，又是画中村
江南水墨，写意油彩
都无法描绘出你的神韵

我以为，温敦勤勉的牛
就是皖南祖先的图腾
让童话般的庄园
生生不息，血脉传承

浣汲未妨溪路远
家家门巷渠水清
威尼斯水系的设计
比你逊色几分

西递宏村，展现的
是中国最和谐的乡风民生
薪火相传，历久弥新

# 黄　山

奇峻壮丽，灵俏多姿
群峰叠翠，磅礴波澜
难怪，轩辕黄帝在此修炼成仙

空谷云涛，流瀑飞泉
琼枝玉树，万壑生烟
登上莲花峰，我神情怡然
挥别迎客松，我思绪万千

作为一个景点，你出类拔萃
我想说，你不过就是一道山峦
抑或，仅仅就是一座山
怎能让博大精深的徽文化渐行渐远

迷路的徽骆驼，已找不到
那牵肠挂肚的驿站
不知哪条幽怨的阡陌
通往童年休养生息的庄园

在网页搜索"黄山"，徽州
始终是无法回避的字眼
程朱理学，新安画派
忠孝节义，进京徽班
这些，一座黄山容纳得了么

难怪八皖大地撕心裂肺地呼唤

归来兮，徽州
归位兮，黄山

# 橘生淮南

橘生淮南，橘生淮南
很早很早的一个傍晚
晏子先生就这样告诉我们
然后，千古流传

我不知道应该怎样
记下此行的观感
第一次如此淡然地
平视巍峨黛蓝的八公山
第一次大快朵颐地
品尝着豆腐，想着刘安
第一次站在干涸的淮河边
忘记了它汛期恣意的泛滥

淮南的大街上
一如中国的任何城市
歌舞升平，喧闹熙攘，马叫人欢
我执意寻找淮南的橘子
想品味它别样的酸甜

迂腐如我，也许压根儿
就没有读懂晏子先贤
那只是睿智使者的谈判词锋
本不必去刻意追寻

那方土地，那株树，那片天

橘生淮南，橘生淮南
或许，这应该是这个城市
招揽人才，挑商选资
最好的一张名片……

## 淮南的豆腐淮南的煤

白，就白得纯正
黑，就黑得逼人
淮南的豆腐淮南的煤
有如一对倾国倾城的姐妹
俘虏了我三月的心灵

淮南王求仙炼丹未果
在草长莺飞的春天里
很偶然地告诉我们
豆腐，是怎样炼成的
我哦，真想说这是
最早的中国创造的典型
造纸、印刷、火药、指南针
豆腐，堪称第五大发明

黄河以南最大整装煤层
蕴藏着巨大的能量和热情
把绿色姿容遗忘在远古
终于成就你黑色的灵魂
乌金，成为市场经济的硬通货
使淮南人称王的霸气代代传承

白，就白得纯正
黑，就黑得逼人

淮南的豆腐淮南的煤
让我翻遍春天的辞典
探究今天的淮南精神
找到的总是——
黑白分明，黑白分明，黑白分明

# 中秋雨夜

辛酉农历八月十五日，雨夜而无月

本该接到嫦娥的请帖
去欣赏仙山的幽境
去品味天宫的舞乐……

夜空，却像母亲忧伤的面庞
泪雨如注不停地倾泻
哪儿去了，那一轮明月？

莫不是偌大的月球
化作了辉煌的车轮
越海峡把台湾同胞迎接？

莫不是皎洁的月亮
变成了添翼的花环
值佳节向骨肉亲人献谒！

让母亲夙愿以偿呵
秦岭、阿里山珠联璧合
西湖、日月潭凫趋雀跃……

让人们共同观光呵
大陆——铺锦的亭院

宝岛——流香的花榭！

那时，中秋月下话久别
星星是黄帝闪亮的眸子
圆月是慈母甜甜的笑靥……

在
大
地
上

# 拉 勒 米

拉勒米或拉若米
我在QQ签名上
称它为小镇
怀俄明州的第二大城市
富有魅力，而且温馨

贤惠的高原气候，如喜欢恒温的农妇
常年，冷藏着零度以下的岁月
偶尔的年份，六月的天空
会有几场窦娥雪，扬扬纷纷

2011年末的一天
我放下行囊，被小城的
安谧恬然所裹挟
感受着，一种
别样的异域风情
站在，纯净得让你觉得
有点不真实的
蓝天白云之下
沐浴着，孩提般明亮的阳光
远眺落基山脉，那
绵延起伏的雪山
脑海里，竟有童年底片的
显影

近点的地方
是小巧玲珑的宿舍和别墅
一排排，列出别致的造型
门前的小草，是枯黄的
稀疏有致的雪松
和满地铺陈的，不知名的
藤蔓，将丝丝绿意
点缀出清新

邻居屋前
一株植物绿叶落尽
上面星星点点地
缀着许多酒红色的
樱桃般的果实
前几日如期而至
飘洒下的雪，覆盖在
房前屋后
在高原的气候下
悄然升腾，看不见
冬季阳光下
冰消雪融的情景

小城的街道
几乎永远看不到行人
除了早晨或傍晚
那些穿着短衫短裤
在极寒气温下健身的
肤色各异的白人、印第安人
或者，阿拉伯人

大部分时间
你只能，和路过家门口的
轿车司机，亲人般地挥手致意
然后，车灯和你交换着
混血的眼神

有一阵子，我突然
很羞愧，因为
我竟然忘记了思念故乡
却久久地，久久地
陶醉于这湛蓝湛蓝的天，还有
洁白洁白的云

# 雕 像

距拉勒米市十余公里
高速公路旁的坡顶
一尊耸立的石质雕像
神奇地，将人们的目光吸引
1958年，怀俄明大学教授
为纪念美国第16任总统
林肯150周年诞辰，而
倾心打造的作品

于是，驱车而上
踩着积雪，脚下发出
吱吱嘎嘎的声音
我真的很担心，生怕
鲁莽的我，惊动了安详的
目光如炬的伟人

进得石雕旁的建筑
原来，这里竟是
高速公路的服务区
室内暖气充足，温暖如春
回廊的墙面上
陈列着雕像制作的
由来，以及风土人情
连文化含量，都斑斓缤纷

1862年，林肯总统
颁布了《解放黑奴宣言》
他的葛底斯堡演说
也遐迩闻名
美国的历史学家
称华盛顿为国父
尊林肯为国家的拯救者
拉勒米小城的人们
则用他们自己的方式
把雕像，安放在全城的
最高处
并将这条路命名为
林肯高速
让他那深邃的目光
永远温暖着，每一个
屋顶，以及屋顶下的
每一个公民

## 丹麦小镇

在
大
地
上

洛杉矶北，位于
圣塔那滋谷地的小镇
一百年前，几位来自丹麦的移民
买下了这块宝地，建起了乡村学校
让这里，第一次
响起了琅琅书声

索夫昂，阳光明媚的地方
是你的别名，如今
你已经铅华洗尽
处处充满北欧风情
花砖地，小木房，大风车
还有房顶上的鹳鸟窝
象征着为人带来好运

尽管游人如织，你依然
安详恬静，宠辱不惊
好像，谁都可以享受这
难得的宁静
街边，老人傍着安徒生铜像
悠闲地度过慵懒的傍晚时分

刚刚出炉的甜面包
小巧别致的圣诞饰品

还有美人鱼，还有豌豆公主
丑小鸭与白天鹅，还有
世界上最大的蛋卷冰激凌
你哟，就是我儿时万般憧憬的
浓缩的，哥本哈根

四
野
风

## 渔人码头

旧金山，圣诞的早晨
那天有阳光，天气不算冷
我来看你，在渔人码头
呼吸着，你略带咸味的风情

青铜爱心蟹，随意的爵士艺人
海特街的嬉皮士
叮叮当当的有轨电车
刚刚路过的九曲花街小品
海狮倦怠地享受着日光浴
觅食的海鸥，惬意地舒展着羽裙

游艇，像一部老式影机
将岸边风景和历史的胶片
古老的魂灵，一一拉近
恶魔岛，金门大桥，六姐妹建筑
还有华人梦里的淘金

三藩，圣弗朗西斯科
多元，混搭，随意与包容
休闲，古朴与繁华
以及不修边幅的散淡
都是你漫不经心的图腾

## 拉斯维加斯

原本，你只是加利福尼亚
戈壁滩上的一片蛮荒山谷
当年，西班牙探险队发现了
你这片丰美的青草地
于是，似乎是一夜之间
人们纷纷来到这里
追逐金钱、美女，利禄功名
梦死醉生

记忆里，你有着
稍嫌尴尬的别称
尽管汇聚全球奢华
昼夜活色生香，但
罪恶之都，自杀之城
始终是你，带有胎记的烙印

有多少人了解，其实
你还是，声名远扬的
浪漫圣地，结婚之都城
喜结连理的，有富豪，政要
也有流浪汉，好莱坞影星
莫非，那些可以
抗拒金钱押注的新人
竟愿意在这里，孤注一掷

**豪赌一场自己的人生**

告别了华贵与奢靡
告别了梦想与诱惑
拉斯维加斯，我始终
忘不了，离开你的时候
大巴窗外，灯红酒绿渐渐远去
浩瀚的墨哈维沙漠上，点缀着的
那一株株约书亚树，茕茕孑立
形单影只的凄凉风景

在
大
地
上

## 写给俄罗斯的那一对新人

黑河的水并不黑
正如布拉戈维申斯克不是一匹布

抵达阿穆尔河流的时候
疲惫的心已经搁浅

陌生的国度就是一条大河
匆匆过客永远成不了岸边的绿植

喜讯，是这个城市的别名
一对新人的婚宴似乎在特意佐证

牧笛三角琴流淌着舒缓的笑意
演奏一个家族的故事崭新的序曲

今天，这个城市真的是一袭大红袍
天空中飞来一羽白鸽和一只雄鹰

我第一次在异国他乡客串伴郎
三杯伏特加早已喝晕了郊外的风景

## 永　恒

### ——《泰坦尼克号》观后

在
大
地
上

1912 年 4 月的
一声汽笛，将相依为命的
旋律，轰然奏响
世纪末，从大西洋深处
打捞出一幅足以
覆盖全世界的宽银幕
将生命中最喧闹的部分
穿过波诡云谲的时空
在每个心灵，刻下
凄美的印痕

永不沉没的，是这支
世界上最优秀的乐队
他们用天籁般的琴声
撞击着如磐的冰山
校正生命的罗盘
足以让，一年一度的
维也纳新年音乐会
空下首席小提琴的位置
恭候他们中的
每一位功勋

毁灭于冰海的爱情

那是一道冷酷的风景
血水中浸润的盐分
一任亿万人的眼泪
稀释，竟又如此
经典而温馨

谁说爱情没有名牌
那幅历史上最动人的肖像
那条缓慢入水的"海洋之星"
那座至今不忍融化的冰山
那惜语如金的白发老船长
那大西洋上空
无数只日夜盘旋的鸟
都是镂金镀银的旷世精品

巨轮不语，沉默经年
《泰坦尼克号》却
訇然出水，美轮美奂地
诠释着
情与爱，善与美
生与死，忠与贞
躁动与安详，以及
瞬间与永恒……

# 呼　唤

—— 献给三位"人民的好记者"

在没有灯光的
漫漫长夜
你，邵云环
就是那盘
贝尔格莱德上空
朗碧千秋的
明月一轮

在亲历炮火的
多瑙河畔
你们，许杏虎、朱颖
就是两羽
翱翔奋飞的
不屈的鹰

全世界的
头版头条，都在
声讨北约的罪恶
全世界的
荧屏新闻，都在
撕破伪善的纱巾
全世界正义的
人们，呼唤着

你们的英名，就是
呼唤——
和平，和平，和平！

科索沃，科索沃
据说，这是
巴尔干丛林中
鸟的啼鸣
春天的中国呵
到处都是
布谷声声……

四
野
风

# 伤 痕

—— 写给汶川大地震

瞬间，仅仅
一瞬间，天穹
突然塌陷
红润的太阳，倏地
失血，变得这般惨白
惨白得，像一袭素花
别在大地母亲的胸前

绵阳、德阳
汶川、北川
还有李冰的都江堰……
不见了，呦呦虫鸣
不见了，袅袅炊烟
只有一串串，打不开家门的
钥匙，散落在
座座废墟的瓦砾之间
生命的探测仪啊
成了，问天的魔杖
一怒剑指九霄云天

七天，仅仅七天
七天时间，三山五岳
全部披上了黑纱

长江黄河，是那
悬挂在，我们这个星球上
布幅最宽的挽联
上下五千年的中华民族
史无前例地，为平民
举行了，人间
蔚为壮观的盛大葬礼
向全世界，彰显着
生命的尊严

大地的伤痕
从祖国的胸口，坼裂到
我的胸口
而我的呼唤啊，只是
祖国交响乐里的
一丝琴弹
压抑多日的悲情
让我在这一刻，真想
放声地哭喊
但我依旧沉默
因为中国需要眼泪
更需要勇气、镇定和共克时艰
默哀中
我努力，鼓动肺叶
感受着，感受着
空气格外的新鲜……

# 哭泣的昆明

三月一日的昆明
这个夜晚，没有月光
一股黑黢黢的冷风
吹灭了车站所有的灯火

动车呜咽着停止前行
行李再也无法离别晚点的车站
每一张怀中的车票
都惊恐地飘舞成祭奠的纸钱

曾经以温暖著称的城市
被一场血腥的屠戮彻底冰封
风和日丽的昆明将被历史铭记
今春，注定是最寒冷的季节

# 回　家

—— 诗寻3·8马来西亚航班失联客机

一只从吉隆坡放飞的
突然断了线的风筝
毫无征兆地让所有的期冀
瞬间坠入谷底
黑黢黢的海空，黑黢黢的心情
像悲伤无解的符咒
从海浪的缝隙处涌出

波德申沙滩上
孩子留下的脚印还没有被冲走
探望女友的温馨
刚刚传上微信的朋友圈
老画家来不及掏出
"上苍厚我"的一方印章
组团观光的老人们没有完成旅程
他们还要去尼泊尔，去伦敦，去爱尔兰
所有的美好都被撕裂了
失联的羽翼无法承载回家的天路

钟摆静止着一言不发
时间凝固着焦虑的亲情
农历甲午二月的一弯新月如钩
我心底的祈祷高高挂起
期盼奇迹缝合裂开的伤口

## 邂　逅

一只黑白相间的
流浪狗，蓬头垢面
在散发着鱼腥味的江岸
晒着太阳
已近中午时分
从懒洋洋的姿势看来
它似乎并不考虑
午餐的着落

岸边的渔船上
鱼贩今天的生意一定不错
正围坐在船头
大碗喝酒，大块吃肉
喝完的空酒瓶
随手就扔进了江里

我可耻地
突然感到饥饿
匆匆离去，一转身
看见享受日光浴的流浪狗
敏捷地扑向一块
还没来得及落地的骨头

## 除夕马蹄声

满腹乡愁的
蛇
没有吞象
也没有成仙
吐了吐芯子
以沉默
作为临别赠言

踩着江风的
马蹄声
似乎
有点张扬
用遮天蔽日的烟霾
腾云驾雾
制造着
自己即将登场的
悬念

甲午近了
驰骋出
许多祝福祈愿
蛇一般的寂如止水
已替代为
马的恣肆呐喊

我把期冀深埋心底
白驹过隙
牵一只温顺的羊
失去你以后
成为塞翁

在
大
地
上

## 过　年

一

很冷的风
击打着我滚烫的脸
眼前，失血的霓虹灯
让出租车切割着视线
一片迷茫，彩色的迷茫
身后的，火一般红色的
那一串串灯笼，竟如此灰暗
我低下头颅，在这
城市花圃中，捡起
自己掉落的，滴滴泪珠
弱弱地问一句，问一句
爸爸，过年了
你回家么？回家么？

二

下雪了，腊月二十六
黑色的雪，怎么会
如此惨白
我什么也听不见，苍穹中
那么多耳朵，纷纷扬扬

都是我的同伴，用同一种颜色
在斑斓地呐喊
草丛中竟然有一只
瑟瑟发抖的小刺猬
突然舒展起钢刺般的荆棘
放了个炸雷一样的响屁之后
打起了呼噜，提醒我
昨天的昨天，中国的节气是
立春

三

一双小手套，是谁
如此柳黄的创意
指责我的冻疮
不该彰显这个温暖的冬天
于是我接受了，你的虚荣
套上，套上，套上
鸦青的道德勋章
泛出黛黑幽光
诡异地让这个紫里透红的
渗着血丝的自卑
成为你年夜饭餐桌上
最可口的一道佳肴

四

走在满是铜绿色街灯的马路上
踉踉跄跄的微醺
你好几次险些跌倒

我和我的妹妹，铺一张白纸
让大地，跪在尊严的膝上
上面写满了这么多文理不通
以及作践自己家族的文字
你看都不看
只是随手丢下
一枚硬币
让它自由落体
坠落在草绿得有些斑驳的搪瓷牙缸里
黯淡的银光闪过，弹奏出我们
最动听，最动听的音符
当啷！

五

过年了，过年了
"年"字最早，是背负成熟的禾的形象
上古时期
谷禾是一年一熟，"年"便被引申为岁名
所以，我和你，和你们
在这豹纹色的
灯红酒绿中
又添一岁了

## 春 风 里

早春二月
以更寒冷的脸色
逼走了
暮冬左顾右盼的身影
负隅抵抗的雪粒
连续飘落
最终流着泪化为一摊春泥

我弯腰从江岸
掬一捧
彻骨的水滴
江水像一面寒冷的镜子
在这个透着琴韵的
春天里
竟然照出了我的满头雪花

# 藏头诗一组

**星垂平野阔，月涌大江流**

星辰被晚风吹落
垂岸的柳丝编成了涟漪
平静了一天的喧嚣
野渡兰舟略显孤独
阔论不休的夜风，咬出了
月缺
涌起新一波涨潮
大唐早已被岁月淹没
江涛阅人无数
流丹泼墨勾画出看不懂的历史

**无边落木萧萧下，不尽长江滚滚来**

无以言说
边鼓伴着钟声
落槌敲响
木鱼拨动着古寺
萧瑟的琴弦

萧疏暮霭勾兑
下游半城山水

不消残酒
尽偕春光满袖
长歌当醉
江山似如故
滚
滚东去的波澜
来年不知丰歉

《望天门山》

天时地利
门楣盈满喜气
中流一柱擎天
断愁遗恨随风逝
楚水吴山空叹
江岸
开遍桃花红烂漫

碧波亦无语
水浪滔天
东风曾有意
流云无情
至于么
此事古难全
回天，谁能回天？

两鬓雪霜染春寒
岸流随风乱
青衫沾泪
山水间

相逢风雨中
对景临江醉一场
出墙春色满园

孤鸿来迟
帆影已去远
一杯残酒饮尽
片石砸江
日涌旖旎霞丹
边走边看
来鸿，还有去燕

**孤帆远影碧空尽，唯见长江天际流**

孤舟，彼岸可有邂逅
帆影常常私会夕阳
远去的乡愁
影影绰绰地撩拨着心思

碧水连天
空咽相思的泪水
尽留痴迷
唯有
见识一番生离死别

长歌当哭
江声呜咽
天空突响炸雷
际遇风云也说不定
流落飘零，一如风尘

**大江东去，浪淘尽，千古风流人物**

大张旗鼓地飘然而下
江边似乎有场雪的盛会
东西梁山曾被李白的诗歌吟断
去岁无霜
浪底卷走平仄韵律全乱
淘空亘古不变的乡愁
尽揽水天一色的波澜
千帆再难寻
古调不见
风拂柳枝鞭新绿
流年夸父追日般逝去
人间
物欲如春寒的浊水无处取暖

**雪天，借毛泽东《卜算子·咏梅》**

风含蓄地搂着零下的温度
雨瞬间在夜色里抱团
送走了所有人的失望

春的窗花剪得晶莹剔透
归拢成碎片
飞扑到梨花绽开的枝头
雪像姗姗来迟的初恋
迎着急切的渴望
春风满面地
到达了爱的起跑线

已逐新芽的季节
是呼唤江潮涌来的时候了
悬帆摇桨
崖边渔家喧
百舸争流搅活了一江春水
丈量着
冰消雪融的速度

犹怜碧柳
有梦
花如新絮白雪一样凌乱
枝丫恍惚
俏芳佳韵温暖了料峭的春寒

俏意盎然
也似裸出水面的江底石
不曾冬眠
争萌破土的
春之万物

只因告别彻骨寒夜而微笑
把风信子捎来的
春讯
来鸿去燕般地
报晓

待一江晴岚尽染
到中流处击水
山也欢

花也灿
烂醉一场如何
漫步涛声波间
时当咏景吟哦踏浪撒欢
她若寻得意中人
在此一别初夜
丛芳迭起异彩纷呈铺锦绣
中流击水处
笑听潮声拍羞了偷窥的江

## 信 天 游

几乎每天我都会来江岸走走
三月似乎是最亲昵的恋人
和风挽着我的臂，暖阳拂着我的额头
站在江边，浪花溅湿了我的腹稿
它想掀起滔天的动静，其实离我的想法很远

## 阅读风景

楼是耸立云天的长街
街是横亘大地的楼盘
步行街汹涌着翩若惊鸿的喧嚷

华灯异彩浸染的情愫
将变化了旋律的宁静
钱塘潮般地让爱情沧海桑田

一格格盲道牵引着人文关怀
阅读着大地的关系空间、秩序空间
寂静中犹如阵阵无声的惊雷
思绪摇颤出了人格尊严、生命尊严

大自然为我们曾经的浮躁淬火
静心享受棕榈林中排箫般清幽旷远
灵魂在街头结庐而居涤尽俗虑

## 感悟红尘

人生旅途擦肩而过的朋友
匆匆碰撞成风的碎片
造化菩提树下的缘分

精神的强者追求完美无穷无尽
或摇独木扁舟或乘巍然巨轮
失意者举起堂吉诃德的长矛
战罢风车钻进崖洞去苦苦修行

赤裸裸的善良与赤裸裸的欺骗
迷茫着困惑着无可救药的童贞
漂浮于生命的精神疆土似梦似醒

物质化的文明消弭了底线
玫瑰似乎可以昙花般迷人
传统道德仁义与现代文化比拼
仿佛答案还需要经过艰辛求证

# 春催山茶

你将峨眉摘下
带着观音的体温
佛在你身
你在我心

我诗歌的炉台
失去了曾经，现在
早已覆满灰尘
感谢你的爽约
留下了，这个
孤独的客厅

既然
往事无法省略
那就把不快刷新
看吧，那满眼的春
早已催醒了
满山遍野的山茶花
那样绚丽
那样夺目
那样缤纷

## 夏之桑葚

你，就是我童年的影子
挂在，并不粗壮的
桑枝上
坦然地张望

然后，岁月成就了果实
我，就成了那颗桑葚
在半亩土地上，早已
不再青涩，甚至
有点沧桑

何时，轮回成一粒种子
吮吸雨露阳光，然后
悄悄地，把梦
挂在树上，动漫般
压弯枝条，快乐地
悠荡……

## 秋溪如歌

巨瀑凌空
幻成洁白的哈达
将尘封已久的
情愫
一泄如注
用亘古不变的
韵律，水墨着
如此盛装
而宁静的境界

湛蓝、绛红与赭黄
以山的名义
挥洒出窒息的磅礴
在寥廓的天地间
默诵着圣诞般
斑斓且燃烧的
秋色，忍不住
心也翩然

## 冬雪暖心

失血的调色板
无声的交响乐
似乎突兀，又似乎
如期而至，一场
铺天盖地的
大雪

攀援，坠落，凝结
令霸气的太阳
怯懦地妥协
于是，姜花般的辛辣
稀释了记忆
静谧，悄悄地止痛了
这个玉雕般的
黑夜

无数只洁白的
蜜蜂，像一枚枚
跳跃的音符，呼啦啦
扑向大地的琴案
虔诚地弹奏着
春天，以及
关于歌颂春天的
一切

## 突然想念一棵树

那时候，你形单影只地
摇曳在办公楼前，我刚脱下军装
在职场也没有站稳脚跟
于是，结着花蕊的你
一株琥珀枝干的紫薇
和我成了无话不谈的
知音

青涩的迷茫，常常
让心绪打着趔趄
我深深的甲痕
屡屡嵌入你的躯身
每每在微风荡漾的星夜
你喃喃地，用古铜色的花语
搂紧我的心灵

许多年后，我离开了
滋润你我的，那个小城
离开了你依恋我，我也依恋你的
落英缤纷
包裹里，遒劲树根下的泥土
依然残存着芳芬
嗅着那熟悉的泥香哦，仿佛
托捧着故乡拥吻

那时候，我无病呻吟地
写过许多诗歌，大多只能
在你目光所及的树冠下
发表婆娑绿影
我很庆幸
曾经，有你这样一位作为同事的大树
从此无论沧海桑田，都拥有着
站立的灵魂

## 寻找那口老井

你一次次，出现在我的梦里
老家的一眼井
挥之不去，挥之不去的
是那一汪明澈而清净
逝去的岁月，像一张张
黑白胶片匆匆拉过
黛幽幽的麻石井壁里，有着我
童年青涩的显影

母亲的乳汁干涸后，哺育我的
就是老井的甘霖
无论是捞起的冰镇西瓜
还是冬日井台上的冰凌
你见证了，儿时伙伴们的玩耍嬉闹
以及哭声和笑声
喝着井水
我从幼年走向青春，慢慢地
长大成人

那时候，我还是一只井底之蛙
迷茫地仰望夜空，不知道
离开你以后
还能去哪里获得如此的滋润
这么多年，我远离故土

踌躇满志，走南闯北，玩命打拼
不变的方言，固执地证明着
井就是故乡，故乡就是井
老家的那一眼井，我苦苦寻找
如今却一无所获
莫非你在刻意地回避我，要将锦华沧桑
隐匿于市井无形
我多想再捏一把
你井底的淤泥，井壁的青苔
将你的静默苍凉淡定
深藏于心底，奉若神明

## 一个叫柯冲的村庄

千军岭，竹丝塔，铁门闩
都是普通村庄的名字
每个村落都有好吃的瓜果
和许多说不完的故事
柯冲村却与众不同
它闹出的动静特别大
把民间传说和现代神话
都演绎得炉火纯青

柯冲那个地方，在城郊
被峨山和笠帽岭环抱
相传有俩兄弟，南宋的时候
在柯冲垒起了瓷窑
其时，状元张孝祥捐田百亩
在鸠兹城挖了个镜湖
这三个人物
都一样伟大，所以一样青史留名

柯冲窑瓷品
有着鱼子状花纹和冻状花纹
一度声名大震
那次雨中窑变，烧结的瓷器
酷似龙床一尊
京城皇帝大喜

宣旨，速速进贡朝廷
难卜祸福的窑工，途中狡黠地滑倒
就有了小城的龙亭街，这个
刻意摔碎的命名

当年，那场瓢泼大雨
凝成了瓷窑的滴釉
余烬却意外地，点燃了
子孙们狂热的脑神经
柯冲村，放出了
亩产几万斤的中稻卫星
据说，都惊动了《纽约时报》
和莫斯科《真理报》
郭沫若前辈写出了打油诗，搁到现在
肯定要上新闻和网页头条

多年以后，我采访过
那个坐在稻穗上的姑娘，她叫柯秀
早已经青春不再，步履蹒跚
岁月的噩梦，将她踩躏成
一颗干瘪的稗粒，黯然销魂
卫星田，也挖成了一方藕塘
目光所及，一池残荷满地碎萍
什么出淤泥不染，濯清涟不妖
都是骗人的鬼话，荒诞不经

## 元旦心情

新年的第一天
一切都是旧的

江边，飘来昨夜的残风
小区满目的树叶，把夕阳
撒落了一地

我现在敲打的文字
也是临睡前，在夜店里
喝着黑啤打的腹稿

岁月的脚步，像冷风嗖嗖
沙沙地从后背追来

## 腊月二十三

拉开的窗户
江风根本不打招呼
扑面而来
是老朋友了
所以我没怪它

按习俗，今天
是祭祀灶君的节日
童年的土垒老灶
已被岁月磨蚀成古董
无法收藏

我用食指当作火柴
划着玻璃窗上的
那层薄薄的霜
把今天的诗稿
点燃

# 春 联

虽然
还是数九寒天
庭院里的
梅花
不像传说中的
那样鲜艳

腊月里
年味
已经很浓了
我家门扉
平展得如江水
不惊波澜

春联
就像两条红鲤鱼
一左，一右
欢快地游来
这条是上联
那条是下联

# 步行街的少女

城市的步行街总是花枝乱颤的地方
跳跃的蝴蝶结轻盈地从湖边飘来
这个冬日的早晨，立马变得
些许暖和，以及雪霁初晴的灵动

街区的植被似乎有些枯萎懈怠
阳光下伸展着渴望苏醒的臂膀
你飘舞的黑发裹挟着春天的讯息
正努力将冬天挤出红愁绿惨的薄雾

倏地，一阵音乐响起
你戛然驻足，凝神地倾听着
朝阳映射出你美丽的剪影
俨然一尊无与伦比的青春雕像

城市的步行街其实就是女人的步行街
所以全世界的步行街都阴盛阳衰
试想如果步行街没有女人的身影
崩溃的男人们去哪里寻找心驰神往的地方

## 今天没有刮胡子

午睡起来，摸到有点扎手的下巴
突然想起是山清水秀的周末
嘿嘿，胡子没刮今天也没必要刮

不知从什么时候开始我习惯于职场厮杀
每天早晨把自己收拾得亮丽光鲜
拎包出门，将所有的心事都拧进锁眼里
但皮肤下冒出的那一丛丛蒺藜，却不容许
恣意疯长然后每每将其消灭于萌芽

岁月，就是一把吱吱转动的剃须刀
注定了男人要与它耳鬓厮磨终生摩擦

## 晨起接雪

一夜无梦
窗帘缝隙的微光
将我唤醒

江水依旧浅吟低唱
把凌空而降的纷纷扬扬
照单全收

恍惚间，一瓣和我
约会了很久的雪绒花
送上了冰凉而滚烫的吻

赶紧凝神静气
攥紧几片洁白的精灵
唐诗宋词全都融化在掌心

# 春雪是冬天的辞呈

朋友在网上
贴了一首咏雪的诗
煽情地赞美着
昨夜那场不期而至的雪

花还没开草也没绿
江边的薄冰
仍显示着零下的温度
冰冷的雪花
把所有早春的诗句淋得透湿

不要说一场雪是什么
燕子衔来的春天的请柬
这皑皑的雪片，其实
就是冬天打着寒战的
一纸辞呈

## 细雨心情

江风轻抚着
昨夜残留的酒气
摔裂的瓶子
幻化成浪花的碎片
白沫喧涌上
岸边刚刚泛绿的小草

面对雾气弥漫的
苍茫寥廓
我反而觉得
这个世界能遮掩点什么
真的是很好

傻傻地张望着
一江东逝的水流
我忽然想喝停
江面起伏的滚滚波涛
让春日的细雨
润湿掉
心头的满腔浮躁

# 春　晨

三月的春天
似乎打了很久腹稿
在江风的催促下
终于脱口诵出

右岸的
桃花绽开成标题
嫩绿的柳叶
设置高亮
左岸迷蒙的烟雨
把小鸟的唧啾
以及荡漾的涟漪
翻译成
有着乐感的诗行

春天真的来了
捣衣妇人
丰腴的胸脯上
跌落了很多
苍蝇一样无厘头的目光

## 石驼，或许我是你的转世

不经意地
我结上了佛缘
在长江边的
赭山脚下
一个叫广济寺的
九华行宫
那里有一方
地藏利生宝印
当朱红篆文覆上宣纸
我突然
有一种被剃度的感觉

为什么这几年间
我始终被一股
神秘的力量牵引
从一天门到三华禅林
从隐静寺到芙蓉九峰
奇数数列的一三五七九
山山坐实
唯独七华山千古难寻

我用虔诚地目光
无数次
越过时光隧道

燃一炷心香
战战兢兢地丈量着
从一华山到九华山的
佛法距离
终于发现你在这里
静静地卧着
成为丫山的观光景点
被胡乱地说成什么骆驼思群

直到今天直到此刻
我忽然听到
一曲透着禅意的琴声
原来是你
一只躺在南山寺的石驼
托梦于我
让我揭开七华山的秘密
让所有的寻踪与猜想
找到了答案的标准
哦，你一定
是我前世的度牒
而我的躯体
是你裂变的灵魂

# 三月的春天属于女人

送走了一月的冰霜二月的杂乱
淅淅沥沥的小雨
润绿了柳枝梢头的嫩芽
素面朝天的春天
根本来不及桃红柳绿
就把一个悄然绽放的节日
送给了所有期待已久的女人

吹过来的江风平添了几许温柔
雾霾知趣地散去
我在细雨蒙蒙的沙滩上努力寻找着
一只挣脱羁绊扑向白云的纸鸢
空谷幽兰般的三月，正风姿绰约地打开

三月，充满母爱气息的三月
你来了，山就绿了水就蓝了
今天的江面如此祥和
就连轻轻推向岸边的涟漪
都有着桃花的体香

## 春天的动静

阳光很好的上午，我踱步到江边
气温摄氏15度，和春天握手好温暖
红梅绽放着，收集了很多相机的镜头
我寻找着残雪的皮肤
怀疑它潜伏在粉嫩的花瓣里

听不见旋律的春色
只可以在温软中感知
在一个男孩子去年跌倒的地方驻足
那里曾经长满了狗尾巴草
一羽穿着花衣裳的小鸟扑腾着翅膀向我辞行

几乎每天我都会来江岸走走
三月似乎是最亲昵的恋人
和风挽着我的臂，暖阳拂着我的额头
站在江边，浪花溅湿了我的腹稿
它想掀起滔天的动静，其实离我的想法很远

## 迷失的花季

像一只受伤的鸟
将身体
蜷曲成静默
些许玫红
把土地揉成紫褐
俯下的头颅
仿佛正在低吼
黑三角诠释着
濡湿的阴影
虎斑猫陷入了
深深的沉思
刚刚开始的花季
到底
迷失在哪里？

## 天空的伤口

江面一般的天空
波云诡谲
搭上苍穹的天梯
把昨日搅动涟漪的
木橹欸乃声榫卯成方格
章鱼一样
张牙舞爪的风筝
斑驳不堪
犹如一叶航行了
很久的船上的破帆
在沙滩上搁浅
空中那久治不愈的
被撕裂的伤口
祈盼着结痂
蜡染的背景天幕
被泡沫一样的云朵
抽梯走人

## 尘封的往事

卸掉了
一个冬天的心事
你如此夸张地
让躯体成为沃土
肩头原野上
蜿蜒而来的
怒放的山茶花
萧瑟地
藏着冷笑盛开
颈项处大片留白
铅华洗尽
发香把一段
不堪回首的过往
尘封

## 题一幅有禅意的图

澄澈透明的微风
浅吟低唱着
崖岸下的漩涡
刻录着
你满是禅意的指纹

新绿簇拥着袈裟
在水天一色的天然道场
你意守丹田
诵经持咒萋引众生

云烟氤氲处
我用诗歌点燃一炷香
让心境从一念之间
走向无穷的空灵

## 乡下的老屋

像盲文书的扉页，凸点被岁月穿孔
即使明眼人，也无法破译
悬挂的问号锁住了，所有的曾经

悄然的静谧，始终难以
寻觅室内早已沉寂的欢笑
张扬的呻吟，以及偶尔的龃龉

冲击视觉的黛黑色块
衬一束光亮，在等待一只熟悉的手
把冰凉的遗忘，吱呀推开

## 公园一角

原本是个浪漫的约会
雪已经下了很久
我血管的温度早已降至零下

风的贝斯掠过钢琴一样的空椅子
闪烁的灯火似乎为暧昧做好了准备
可是此刻我只好怅怅然蹒跚地离开

留下了一朵撑开的黑蘑菇
在雪地里盖上图章般踉跄的脚印
正准备将又一段失恋史冰封进档案

远处，你居然匆匆赶来了
所有的失望和苦情顷刻全部解冻
我就是你的椅子，你就是我的伞

## 伫立窗前的女子

把思念关进窗里，就此别过
曾经伤痛的泪水和真诚的微笑
片刻间，仍无法释怀

前面是你我都陌生的风景
请原谅我看着你，从此你孑然独行
垂挂着的一缕青涩，在迷离的目光中远去

窗棂的十字架分割出不舍和无奈
我扬起右手送你，只是轻轻一挥
一切美好或不美好的过往，都已经放下

## 跌倒的乡愁

这其实是一幅画，我久远的故乡村落
院子里常春藤弥漫成孤寂的风景
散尾葵野菊花再也难觅蝴蝶的踪影

墙角的瓦砾间石阶的缝隙里
吵醒夏夜的蟋蟀早已移民小镇
凸起的屋檐，是爷爷老去的皱纹

乡愁已像失血的墙壁一样斑驳
满是憧憬和期盼的童年记忆
跌倒在江岸的蒺藜里，跌倒在这个黄昏

## 呐　喊

血色清晨，我站在山巅
张开拥抱朝阳的双臂
一任脚下满地翻滚的白云

远古，我是癫狂追日的夸父
田野里，我是拔节的向日葵一株
而现在哦，我就是一羽即将振翅的鹰隼

我是云海的风帆，我是出征的令旗
在这熹微晨光里，我呐喊的诗句
溅湿云霄，闪耀着灼热的光芒

# 端 午

祭天的牛角总在这一天无法释怀
菖蒲挥桨，酿就满江的雄黄
五月的波涛暗涌，密谋着汛期
正午举着艾叶，迎接诗魂慢慢靠岸

就此别过陌生的风景，别过
墙角的散尾葵，石阶的野菊花
一切美好或不美好的过往
都在挥手之间，迷离地远去

五色绳牵来老屋的粽香，牵来
满是憧憬和期盼的童年记忆
午后的青芦叶，在等待一只熟悉的手
把捆绑了千年的遗忘，一年一度地剥开

## 雪 绒 花

清晨的天空
又飘起了雪花
我没敢开车
怕冰冻路滑
可是老天今年似乎
特别喜欢开玩笑
雪花在这里
刚刚摆出造型
像年三十
昙花一现的爆竹
还没炸完
就揣着护照
出国了

哦，俄罗斯那边
冬奥会刚刚开幕
索契有一朵
成为明星的雪绒花
我还没来得及赞美
就发现可以用它
代替怀念故人的花篮
因为我刚好在江边
黑白相间的报亭里
看到了一则讣告

初春的寒冷
把一个长辈送走了
连同他那
满头雪一样的白发

信
天
游

## 被遗忘的土豆

像一种实实在在的生存方式
从一瓣母体开始吮吸养分

阳光和水分成就了你的膨胀
你以浑圆的姿态紧拥着泥土
粗糙的大手拎走了成熟的家族
唯独将渴望离开土地的你遗忘

一粒土豆，即将腐烂在这里
养育你的地方，成了你的坟墓

## 待售的甘蔗

曾经挺直腰杆站在蔗田队列里
有着竹影摇曳的风情
突然就横卧在集市破旧板车上
顿失繁华，香消玉殒

耕耘了一个季节的农妇
晃动胸前颤巍巍的乳房
挥动着缺柄的月牙形镰刀
无情地将你一节一节地斫断
然后，兜售着苦涩的甜蜜

不知你还能否辨认出
咀嚼你汁液吐出蔗渣的年轻父母
就是曾经在蔗林里约会的恋人

## 沉默的火柴

玉石般的身躯
蓄积了森林的伟岸
亭亭撑起
一枚涨红了脸的
头颅

似乎等待了许久
从心底呼唤
那只手，轻轻一划
便完成了
自由女神不屈的
造型

长 江 长

长江
是诗歌的摇篮吗？
水一样柔软的襁褓
每一声啼哭
抑扬顿挫，有着
古风般的韵律

## 雪峰，各拉丹冬

唐古拉山脉
一个满脸皱褶的精灵
壮观的雪山群，典型之角峰
喜马拉雅的阳刚运动
让青藏高原，受孕般
隆起

冰雪，冰川
冰舌，冰塔
以固态的形式汇聚
成群结队流向
皑皑的沱沱河

雪峰的阳光
分外刺眼
高原的雪莲
万种风情
冰桥，冰草，冰蘑菇
冰山，水晶，冰湖，冰针
汇聚成银雕玉琢的世界
这远古至今最壮观的
风景

冰柱上滴下的

第一粒晶莹
缓缓地走出唐古拉
走出各拉丹冬
那是长江母亲
最香甜的初乳
是婴儿长江的
第一声啼哭
第一声！

在
大
地
上

# 站在草地仰望通天河

风，鞭打着
羚羊一样的云朵
雪，幻化成
酣畅淋漓的巍峨

怪石嶙峋间的一线天光
劈出了通天的通天河
地心岩的挤压律动
让你如此高峻不羁，大气磅礴

唐三藏的白龙马
临壑长啸
声嘶力竭，喊破了
河的静默
那只打湿经书的老龟
梦想立地成佛

通天河，像一头躺在冰川
随时都会发情的牦牛
用海拔4000米的故事
成就了，一个个晶莹的传说

# 梦中的可可西里

长江源头的涓涓细流
流淌进你的腹地
苍凉旷远的可可西里

黛青色的山梁
宛若晨起的少女
用锦缎似的绿梳妆
用梦幻般的蓝漱洗

铺天盖地的鹅黄蜿蜒而来
令人窒息的斑斓袅袅迤逦
只有在这里呼吸才如此滋润
只有在这里入梦才如此安谧

可可西里，可可西里
我愿意成为一只藏羚羊
在这里远离杀戮，欢快地撒蹄

# 萌动着天籁的金沙江

一条柔软如云的哈达
从雪域高原飘来
坚硬地穿越横断山脉
弹奏着苍茫寥廓的行吟

金沙江的每一滴水珠
都可以惊涛裂岸
把气势雄浑的闪烁
幻化成黄灿灿的光芒

两岸裸露着臂膀的石头
是浪涛千姿百态的
金子一样的立体造型
像一束束永不凋谢的花朵

禅意般空寂的川藏界河
恰似祖先充盈着血液的动脉
生生不息地浸润着每一颗金沙
萌动着万紫千红的天籁

## 驰魂夺魄的虎跳峡

长江源头的
涓涓细流
走出
各拉丹冬冰峰的襁褓
滴滴答答地
打湿了
刚刚展开的水域地图
也瞬间冲走了
我的诗稿

一只虎
我猜想应该是
雄性的
以它涛声如雷
惊心动魄
寓言般美丽的
腾空一跃
完成了一个峡谷的命名

虎跳峡
在长江上游
唯我独尊
以虎虎生威的
姿势

俯瞰雪浪漫卷
飞瀑喧嚣
澎湃的江流轰鸣中
至今
可以听到驰魂夺魄的
猿啼虎啸

长
江
长

# 神　女　峰

　　——借舒婷《神女峰》名句藏头

与情有关，与梦有关
其曼妙的身姿
在峭壁危岩肃立
悬霜挂露
崖暖铁索寒
上古瑶姬下凡的传说
展天地风流千重锦
览清流碧潭波光潋滟
千回百折除水妖
年丰物阜舞翩跹

不辱使命
如天之造化
在青峰云霞间亭亭玉立
爱博而情专
人若无欲方济世
肩负道义止波澜
头昂天外
痛叹巫山绵延
哭高唐神女
一江浩浩汤汤
晚笛清箫悠扬婉转

## 地平线下的香格里拉

远离人群，去香格里拉
也许会有高原反应
却可以领略到
世外桃源的神秘幽深

古城是环绕山顶的
寨堡，奶子河边
有座日光城
山色空蒙峰回路转
古木，绝壁，怪石嶙峋
地平线在这里消失了
英国作家詹姆斯·希尔顿
看到了峡谷上空的蓝月亮
映射着，震耳欲聋的
涛声轰鸣

一架小型飞机
似天外来客
让金色转经筒转晕
香格里拉美景
劫持了引擎的平衡
一段传奇
开始从这里延伸

康威在孤独中
悄然隐去
马林逊、巴纳德、布琳克洛小姐
全都陶醉于
宽容的宗教气氛

唯有在香格里拉
感受滇西北的神奇
才能化解
掉进乡愁中的
祥和与永恒

远离市井，去香格里拉
用山水童话冲泡一壶春茶
看着杯中飞鸟掠过的啼痕
过滤杂念，让心灵返璞归真

## 江边腹稿

平静的长江水面
像一沓稿纸
上面写满了
潦草的诗行
几只水鸟掠过
胡乱地打着
标点

我伸出双手，倏地
把江面扶起
如此巨大的显示屏
轰然而立
岸边的错落有致的
石阶
成了我
随意敲打的键盘

一叶铁驳船
悄然
从上游驶了过来
我的思绪
恰好要分行
顺手
就将它当作了——
回车键

# 一滴滴江水

汹涌的扬子江水
如远古驶来的兵阵
在芜湖这个港湾
突然勒马嘶鸣
改写了
大江东流的概念

湍急，回旋
惊涛裂岸
这溅起的一滴，又一滴江水
把我烫伤
可是那当年从天而降的
陨石
跌落在江面
砸出星落如雨的浪花
盛开在
你我的眼前

## 品出江水的书香

习惯于晨读，今早无书
我就读你
窗前
一叠一叠的，江水

商彝周鼎，春宫夏调，杨树柳枝
摇桨起笔，扬帆草书，邀月举杯
吟诵着金戈铁马的楚辞汉赋，吟诵
陶醉于江枫渔火的唐诗宋词，陶醉

一拨一拨的江水，一页一页的书扉
我从未如此贪婪咀嚼着碧波叠翠
咀嚼着长江，这书香门第的滋味

## 煮一壶江水茶

天气很好，多云转晴
午后的阳光有着栗子的味道
滨江的雕塑站得有些累了
有几尊正在舒展着胳臂

趁夕阳还未跌落江面
舀一捧江水，看着晚霞
将它煮开，随手拈几片帆影
冲泡一壶浓酽的下午茶

水鸟的唧啾是最好的茶点
初春的脚印留在江滩
一仰脖，大口喝进习习江风
春天，已在胃里涌出渔汛

# 立春的江风格外寒冷

冬天的冷笑话
还没有
来得及讲完
黄历说
今天凌晨
立春

江边的风
似乎
格外寒冷
我添了一条羊绒裤
不动声色地
看着
冬与春的最后一拼

电视上
刚刚播出天气预报
明天雨夹雪转多云
雨，应该是春雨了
雪也是春讯
江空上的云朵
更是早春最美的
风景

## 春寒的意义

一场突如其来的
绵绵春雨
像陈年故事般地攻城略地
江边的防风林
根本不敢透出新绿
冬天
正将严寒固守
与早春做最后的对峙

冬眠的冰
在渐渐消失的年味中
已经悄悄苏醒
化作江滩边
氤氲升起的雾气
一尾鱼儿跃出水面
打了个响指
似乎读懂了料峭春寒
冷艳的含义

雪绒花悄然而至
唤醒嫩芽，唤醒花苞，唤醒土地
用雪的洁白
描绘出赤橙黄绿青蓝紫
迎接即将到来的

和煦的春风，漫卷着春色
欢呼
一场姹紫嫣红的决堤

长
江
长

# 雾霾笼江

江的眼睛，突然白内障般轻度失明了
振翅乱扑的水鸟
就成了浑浊晶体前的飞蚊
挥之不去，挥之不去

对岸影影绰绰的防风林
黯淡成一则寓言，扑朔迷离
朦胧中，码头扛包工的雕塑
跌跌撞撞地艰难呼吸以及喘气

伫立雾霾笼罩的江堤，了然无趣
人与江，江与船，船与帆，人与人
从来没有，如此遥远的距离
谁喜欢，这无聊的捉迷藏游戏？

## 没有年龄的风筝

无风的江面
波澜不见踪影
褐黄色的水纹
装潢出别致的客厅
水鸟掠过，岸边的乌龟
睁开了眼睛
飘逸起舞的纸鸢
在江空中拉起了条幅
牵引出一串
孩童风铃般的笑声
放飞着童趣
这个充满张力的黄昏
分明是在抄袭着
我没有版权的童年

## 昨夜的一个梦

昨夜，突然做了一个梦
很虚无，像是一个古老的童话
色彩斑斓地装点了我的睡眠
怎么感觉到，我是睁大着双眸
在看自己和别人略显苍白的故事

故乡童年淡茶色的夜空里
星星眨了眨眼睛，微笑地闪烁着
像一群有着贵族血统的萤火虫
为我们荷塘边白皑皑的裸泳照明
狗刨式的双脚，擂响蛙鼓声声

现实中已被重新注解的躲猫猫
在梦中，原生态地真实还原
在黑黢黢的墙角，竟然不经意地摸到了
邻家女孩绸缎般脊背的月光
让我倏地从梦中走进黎明的绚烂

睡眼惺忪地似乎醒来
我努力抗拒着，构思着梦境的续集
却发现，所有悲欢离合喜怒哀乐
都已经无法重新入戏，我束手无策
有着做梦一样的无能为力

## 看窗外喧嚣的风景

初秋时节，暑热尚未消去
窗外的江边，已经美得无可救药
点点浪花琴键般欢快地窜来窜去
弹奏出火焰一样燃烧的旋律

太阳像个瘪了的旧灯笼
还在西天懒懒地挂着
少男少女们就迫不及待地要点燃孔明灯
将密密麻麻的汉字和英文字母烘上江天
一阵喧哗，也算是缥缈着情窦初开的
那永远无法预知的未来风景

一个老人汗流浃背地打完太极
就着如血的残阳仰脖咕嘟着啤酒
然后白鹤亮翅，弓步推掌将酒瓶掷出
把早已逝去的青葱岁月，哗地碎了一地

大自然的诗意如此波诡云谲
从上游一行行韵律悠扬地流淌铺陈
我只需贪婪地小心翼翼地当个拾荒者
就可以尽情收获，捡拾着那一首首
伤感的美丽以及绚烂的极致

# 喝一杯清韵的下午茶

在
大
地
上

一个人封闭在小小的书房
闻着墨香，捏一撮涩瑟的绿叶入壶
沸水冲入紫砂，一缕云蒸霞蔚的清韵扑鼻而来
孤饮独酌，只与琥珀色的时光分享

妙玉品的体己茶是在活色生香的红楼里
终陷泥淖纵是金枝玉叶唇齿也难留余香
其实，工夫茶拼的是做人的功夫
参透青幽幽的禅意就不会寡淡无味

得半日闲，品一壶茶
让郁结的岁月舒舒缓缓地浸泡
翠绿的心绪由浓到淡地平和宁静
把春天喝进了胃里，如是心旷神怡

## 湿漉漉的江风

湿漉漉的风
湿漉漉的船
湿漉漉的石阶
湿漉漉的钓竿

思绪也被浪头打湿
航标灯湿漉漉地
滚上我的诗笺
一艘游轮溯流而上
犁开湿漉漉的喧嚣
丢下湿漉漉的泡沫一片

夜晚，湿漉漉的汽笛
洇湿了我的枕边
不知名的水鸟，舞着
湿漉漉的啁啾
在我的窗前游弋，盘旋

我的心网，撒成
湿漉漉的扇面
张开湿漉漉的臂膀
打捞出一船诗歌
晾晒在江边湿漉漉的浅滩

## 江边,有小雨

你如果知道
我曾经在塔克拉玛干待过
就会理解，我对雨水奢侈的贪婪

走出酒店，天空淅淅沥沥
脸上突然感觉到了几滴冰凉
让我忘掉了，刚刚咽下的饕餮大餐

昨天小寒，今晚小雨
恋人们竟然与江堤一拍两散
江水凭借着江风，无人喝彩独自撒欢

看着雨中戈壁滩一样铺张的江面
我想起了遥远的新疆高昌古城
想起了，吐鲁番的火焰山

你如果知道
我曾经在塔克拉玛干待过
就会理解，淋雨有着多么销魂的快感

# 江 心 洲

在夕阳的余晖中
你与我隔水相瞅
水中央，伊人般躺着
一叶扁舟

初冬的枯水期
拉近了，你与岸的眼眸
晚风，像一根缆绳
把我的诗行牵向你，江心洲

仿佛是水上藏宝地
江水环绕着你，固若金汤的城楼
满江的波光粼粼，就是
护卫你的冷兵器甲胄

瘦了的江面是一个颓废的广场
船舶穿梭，鸥鸟翔集
都是匆匆过客，唯有你
初春的江心洲，一枝独秀

## 江之夜

暮色的帷幕，缓缓地
覆盖了江的舞台
都市白日的喧嚣，黯淡了

一艘艘铁驳船，掀开
夜色的被子，睡眼惺忪地
举着渔火在水面上演着皮影戏

风平了浪静了，只有
欲望刚刚苏醒，满天的星斗
纷纷坠落，水面泛出熠熠媚光

老海关钟楼鸣响的钟声
成了江夜的起床号，惊起
一尾白鳍豚，独舞般跃出水面

# 江边行走

匆匆行走
长江，像渐行渐远的
茫茫沙漠
江心洲的烽火台，仿佛
一触即发
瞬间即可燃起
滔天的巨浪

风帆一样袅袅的狼烟
像一只江面腾空的飞鸟
盘旋中
声嘶力竭地叫着
白鳍豚惊奇的目光
偶尔在砂砾一样的涌浪中探头

浑浊的江水
仿佛戈壁滩烦恼的黄羊
俯首哀鸣，埋葬着
一切逝水般的幻想

行走，行走着
生，也有涯
知，也无涯

## 江岸薄冰

天气预报
含糊地打了个招呼
温度
还真不够朋友
把昨日仅存的一点温馨
清零

夜的江风
还在呼呼地呜咽着
航标边的漩涡
刻录着
一枚守夜人的指纹

江滩的砂砾
也有点儿不太对劲
咕吱咕吱地
亲吻着我的脚印
仲冬的心情
是一块发酵的薄冰

# 零下三度的江晨

冰封
以一个寒夜的速度
迅速地降温
江潮冻僵了嘴唇
停止了
腊月的唠叨

江滩边
石凳上早已不见
昨夜恋人卿卿我我的
身影
沙地上刻录着
三四只纠缠的脚印

水鸟的歌声
已经开始冬眠
枯水期了
各种奇形怪状的
潜伏已久的石头
似乎刚刚苏醒

## 渔船小景

晨雾中的江面
总是泊着一些渔船
常常，我总是
静静地，打量着你
挨我最近的一艘

你微微地漾着
泛起一片片涟漪
孩子摇摇晃晃地
从船头蹒跚到船尾
就像荡着水上的秋千

刚刚煮开的一壶
冒着热气的江水茶
似轻声唤我，一起品啜
水上人家的悠哉悠哉
悠闲而浓酽

# 枯 水 期

"嗵嗵嗵""嗵嗵嗵"
梭子一样的机帆船
在江面
穿行回环
晨曦穿过雾霾
拉扯出一根根
金色或银色的丝线

记忆里的橹声汩汩
以及涟漪中的
欸乃桨影
像被岁月咀嚼过的残茶
湮灭在江底
那个疏星寥落的世界

江水退去
离岸边很远
像一个减肥的妇人
从丰腴的春天
瘦成了
萧瑟的秋

## 寒冬,驶离江岸

风
还在凌厉地
鞭打着
江面

雨
就这么
不紧不慢地
踩着
春寒的鼓点

站在滩边的
我
瑟瑟地
打着呵欠
呼应着
波浪的节奏
冷眼相看
满船的冬天
即将
无奈地离岸

# 江边呓语

在江边漫步
常常出现幻觉
特别是天空下着小雨的时候

浪花总是顽强地
向上跳跃着
是在羡慕簌簌而落的水滴么

索性来个乾坤大挪移
雨点就成了天空的浪花
江水顿时倾盆而下

来不及走出幻境
一个浪头咆哮而至
我抱着淋湿的呓语落荒而逃

## 诗行一样的江水

刚刚写完一首
不押韵的长诗
把一切情感
都扔进了浪花里
疲惫至极

长江
是诗歌的摇篮吗？
水一样柔软的襁褓
每一声啼哭
抑扬顿挫，有着
古风般的韵律

# 江蚂蟥

江边，一块松动的
石块罅隙里
有只蚂蟥小心地
探出满身淤泥
想告诉
刚刚缩下头去的乌龟
惊蛰虽然未到
也可以呼吸
春风送来的气息

岸边的草
还是枯黄的
掩护不了蚂蟥的身体
吃力地蠕动着
嗜血的贪婪
馋涎欲滴地梦想着有谁
会挽起裤脚
伺机用鲜红的汁液
撑起肚皮

一个浪头
掀翻了石头
江蚂蟥柔软的梦想
就这样被迫放弃

## 对岸的江风

对岸的风失眠了一夜
晨曦刚探头
就踩着江水疾步过来
吹灭江心洲
疲倦的航标灯
把中江塔顶燕巢的碎草
轻轻拂落，落户江南

江南的风
有着江北的口音
从溅起的浪花里
无法分清它的籍贯
上次我乘坐
观光游轮的时候
把一串铜钥匙
连同多年的隔阂
全都丢进漩涡
从此无论是去江南还是江北
都有洞开的大门

## 江边的那条石头路

很久以前的芜湖江岸
石头路是条不太长的甬道
昨晚在聚会的饭桌上
几位民俗专家喝着喝着
醉意便在这条路上摇晃

石头路如今看已没有了石头
童年的故事早已被沥青覆盖
麻石板和岁月玩起了捉迷藏游戏
只有教堂悠扬的钟声唤起些许记忆

乘着酒兴我决定明天去江边
去找找爷爷当年走在这条路上的气息
仰脖喝掉大半杯琥珀色的佳酿
脚底和心口突然被什么硌了一下

# 春 江

三月在春风中
柔情亮相
许多艳丽的服装
像节日的彩旗
装点着晨练的江岸
江水集合着涟漪
似乎准备进行
一场声势浩大的
季节彩排

水鸟啼啭
炫出清丽的口技
漩涡回转
那是江水的笑靥
浪花在桃花的注视下涌动
弹奏出心跳的节拍
宽阔的江面
早已是一个明媚葱茏的
春天大舞台

# 关于长江中下游的 56 种心思

一

长江是母亲河
那么，爸爸去哪儿？

二

江水从源头走来就有梦想
流向大海，然后呢？

三

经过上游一路激情的宣泄
江的心情不是平复了很多？

四

是江水的呢喃低语
唤我而来

五

望江良久，其实就是
投江的前戏

六

溺水者是不幸的
但涌起的浪花却是他的葬礼

七

人们游泳或者横渡长江
永远也成不了两栖动物

八

雪花悄无声息地落进江里
使它踏浪的造型无法摆出

九

渔船得意地在江面上行驶
嘲笑着飞机和汽车不敢下水

十

冬末春初的枯水期
江底裸露的石头全都失恋了

十一

这平静的一江春水
千百年来容纳了多少怨妇的眼泪

十二

司马光砸缸成了经典
我也扔块石头，把江水砸成童话

十三

我是冬眠了一季的鱼鹰么？
殷实的江岸不忍看我饥肠辘辘

十四

航标灯像鬼火一样闪亮
却能避免你葬身鱼腹

十五

如镜的江水只要微风乍起
就能看见我满脸的皱纹

十六

长江永远是伟大的
我也如水底的砂砾一样伟大

十七

太阳每天从江面升起
黄昏还不是一样要跌落江底

十八

早晨留在江滩的鞋印
下午就会被潮水穿走

十九

福布斯富豪排行榜
是否忘了统计长江家族的财产

二十

在
大
地
上

雪花是洁白晶莹的么？
怎么落进江水就成了霾

二十一

挖掉所有的山峦填平长江
就有可能彻底解决堵车问题

二十二

在陆地上找不到位置
到江水里来更无从下脚

二十三

长江应该划为无人区
就不会再有屠戮的故事

二十四

上善若水，水善利万物而不争
可利益之魔却常常把江水搅浑

二十五

饕餮酒徒每年喝掉一个西湖
什么时候可以端起长江干杯

二十六

杜康应该把江水都酿成酒
人们可以天天酩酊大醉

二十七

孟姜女哭倒了长城
如果她老公是修江堤的呢？

二十八

不要忘记四面楚歌的项羽
江水逼得他挥剑自刎

二十九

诸葛亮草船借箭火烧赤壁
东汉末年测过PM2.5么？

三十

不用东晋的苻坚来投鞭断流
三峡大坝拧成的鞭子更粗

三十一

祖逖击楫中流是励志故事
搁到现在肯定有人骂他傻

三十二

波涛汹涌像女人起伏的胸脯
因此我断定江水是雌性的

三十三

浪花每次企图与我对视
我都心虚地顾左右而言他

三十四

偶尔有白鳍豚跃出水面
简直就是星宿下凡尘

三十五

习惯了水的柔软
世界就容易阴盛阳衰

三十六

古人常在沿江建塔
也许就是为了添点阳刚之气

三十七

有歌词说江水如乳汁
那要交多少罚款

三十八

除非喝饱江海的乳汁就发一本护照
那边的口岸还不知道是否免签

三十九

岸边的老人滑了个趔趄
只有江风毫无顾忌地上前搀扶

四十

听说现在不许公款吃喝了
江鱼、江虾、江蟹都想颐养天年

四十一

把江面都浇上沥青硬化成广场吧
让大妈们走出小区舞起最炫民族风

在
大
地
上

四十二

小小竹排早就不能在江中游弋了
不信你去问律师，有视频为证

四十三

我不赞成铺设江底电缆
那样肯定又多了许多诈骗电话

四十四

一个城市的长江三桥又要开工了
但愿建设者的午餐不是豆制品

四十五

真羡慕江边放生的善男信女
因为这样花钱不需要输入密码

四十六

听说4G手机的流量夜里要记得关闭
那还不如在流淌的江面看渔翁撒网

四十七

打工的候鸟把春运淌成潮水
稀释的乡愁被大浪淘成了沙

## 四十八

江岸如果有眼睛，八成就是白内障
不然怎么天天玩不腻捉迷藏的游戏

## 四十九

掬一捧江水喝下
早已品不出唐诗宋词的味道

## 五十

满江的汹涌如果都是忘情水
我倒愿意是其中的一滴

## 五十一

遍寻江边都没有三生石
没必要喝忘川水煮成的孟婆汤

## 五十二

防风林枝丫上透出新绿
诗人和傻子都说是江风在唤春

## 五十三

索契冬奥会的雪绒花幻变五环
我最膜拜坚持自己的那一朵

## 五十四

长江是中国的母亲河
黄河也是中国的母亲河

## 五十五

如果你是长江里不得志的一条小鱼
是否考虑跳槽去黄河，看看那里的乌鸦

## 五十六

真想把每一颗浪花都珠串起来
谁是佩戴这项链的女王？

附录：


# 在长江碧波里发掘芜湖诗意
—— 简评《芜湖，我的芜湖》

杨四平

　　长江、镜湖、赭山、鸠兹广场、天门山，提起芜湖这座美丽安静而又富饶的城市就会让人想起这些字眼。在长江波光粼粼的艳影里芜湖像一位褪去青涩深邃美丽的妙龄少女，屹立在长江边上展现她绰约的风姿。枫树、银杏、乌桕、栾树、法国梧桐……几场秋雨，几度秋风，红的红，黄的黄，明艳得如诗如画。最是那九华中路上的银杏金色大道，已然成为芜湖人每年秋冬之际期盼的风景。漫步这条大道，恍若进入童话世界，就连驾车一族也不禁放慢车速，皆因流连这满眼的金秋胜景。拾起一片银杏落叶放入手心，惊叹它竟恰似小姑娘的裙摆，飘荡在寒风里拨动了你我的心弦。在这个诗意的小城里最适合用诗歌展现她的风貌，正如苏轼说的"淡妆浓抹总相宜"。陈东吉先生的诗作《芜湖，我的芜湖》，就是继《江南·江北》之后的此类佳作之一。

　　这首诗歌，在我看来，至少在两个层面上体现出作者的匠心来。在内容上，诗人首先梳理了芜湖这一城市从人类起源到现代的进程。诗人通过一个个数字、人物、事件的列举，让这一切透明地呈现出来，就像金丝伯格说的："必须简单直接地写出我们的感觉。假使对事物的感觉够强烈，够真确，写出来的就会是诗。"所以诗人以他对家乡的浓郁的感情，全诗一气呵成没有一丝矫揉造作之感。"箱子拐角落里残留着情郎的吻痕/潮音街小巷边吆喝着熟悉的俚俗/中江塔笑看孤帆远影潮落潮起/寺码头仍有徽商来去匆匆的脚步"正是诗人对于这座城市的熟悉才使得笔下的诗句更贴近生活，与读者没有丝毫的距离感。《芜湖，我的芜湖》的最成功之处是，它定格了"芜湖历时性"这个历史的瞬间。"很久很久以前，你一片荒芜/鸠鸟衔来长江浪花汇而成湖/从此，这块土地上的人们/细胞里有了共同的基因，芜湖"。从一开头就直切主题讲述芜湖的起源，接着在"人字洞""春秋""南唐""北宋""明清"一直到近代等不同朝代的不断对比、切换和延伸中，由自然风光，写到历史人文，最后回到现实，期许未来，脉络清晰，文字清丽，让人诵之亲切，记之感怀。作者本人长期生活工作于芜湖，对诗人"生于斯长于斯"土地的感情，是厚重而奔放的。所以，他在作品中所凝结的情绪，所抒发的情怀，是真切的，发自心底深处的，没有芥末催泪般的造作雕饰，你甚至都能从长短文字的跳跃中，听到情感的呼吸和心跳的声音。尤其到了结尾部分："芜湖，我不离不弃的芜湖/躺在你的怀抱，我就是你的一粒水珠/芜湖，我魂牵梦萦的芜湖/离开你的乡土，芜湖是我，我是芜湖！"从这里，你分明能感受到诗人对家乡、对母亲的依赖和不可分离的血浓于水的感情。

正如黑格尔所说："诗的表现，亦即用本身就是内在的客观的东西，即用作观念符号的文字和文字的音乐，作为表现观念的手段。"在诗歌的表现形式上，所有诗歌的表现会从诗的观念方式、语言的表现以及诗的音律等方面展现。因此，《芜湖，我的芜湖》这首诗在创作手法上保持了诗歌的独特性，讲究音韵，注重节奏，甚至还有很强的画面感，特别适合吟诵。"芜湖，流淌在我汩汩血液里/莘莘游子是你播撒在他乡的稻菽/天涯海角不变的方言还是那样稔熟/芜湖，

在
大
地
上

镶嵌在我铮铮骨骼间/浩浩长江是你殷殷呼唤我的横幅/让我风里雨里永远记得回家的小路",这种长短句式或简或繁的衔接表现出诗歌的节奏的变化,雅俗兼备,朗朗上口;在音律中诗人把思想表现得回旋荡漾,时而凝练,时而追忆历史从而获得新的情感和新的独创。诗人在诗中直接用第一人称"我"传达一代人的情感与愿望,诗人用第一人称叙事,更能表现诗人充沛的情感。而且文字工整,充满了生活和人生的哲理。正是这些诗歌元素的应用,让这首诗一问世,便受到了广泛欢迎。芜湖的美丽与诗意在长江的碧波里更显风情,也应该是文学艺术佳作不断出新出彩的沃土。陈东吉先生的《芜湖,我的芜湖》应运而生,此乃芜湖文坛之幸事。我们期待着有更多的优秀作品为芜湖这座美丽城市喝彩,为盛世的时代讴歌。

(作者系安徽师范大学文学院教授、博士生导师,著名诗歌评论家)

215

附
录

# 后 记

农民女诗人余秀华一夜之间火起来以后，诗歌又成了坊间穿过大半个中国热议的话题。本埠媒体就此搞了个问卷，邀我与其他几位文友分别答题。其中有个问题是"如何定义诗人"，我的回答或许有些无奈：千万不要定义，如今想骂谁就说他是诗人。有人说，诗歌就是分行的文字，我说，用文盲的眼睛去看，从诗歌文体的直观的形式上来说，的确如此。然而，一个走进诗歌伊甸园的人，看到的写出的抑或吟诵的每行文字甚至每个标点，那都是鲜活的有生命张力的精灵。

中华民族是由以诗歌为母体文化养育的民族。但很可惜，这只乳房日渐干瘪。消费社会中的人们普遍面临房贷压力、就业压力、工作压力，激烈竞争的社会现实，快节奏的生活方式，使诗歌与人们精神的需求渐行渐远，不要说诗歌，焦虑的国人尤其是年轻人现在连读书的时间都越来越少了。所以，当有人问我，余秀华的走红能否让诗歌火起？我的回答是，《诗经》火了几千年，李白、杜甫、白居易至今余烬未熄。徐志摩、戴望舒、穆旦、洛夫、北岛、海子、顾城、舒婷都曾在不同的年代让诗歌火起。余秀华则不然，她会在当代诗歌史上留下惊鸿一瞥，但她只是个"卖火柴的小女孩"，难以点燃当下诗歌这捆湿柴。

好的诗歌是从心灵深处流淌出来的天籁。"关关雎鸠，在河之洲"是好诗，"待到山花烂漫时，她在丛中笑"是好诗，"黄狗身上白，白狗身上肿"也是好诗。我以为，只要不是无病呻吟或玩文字游戏的有韵律感的诗歌都是好诗。值得庆幸的是，在诗歌以及诗人越来越被边缘化的今天，我所生活的城市芜湖，还是有那么一群人热爱诗歌，创作诗歌，朗诵诗歌，坚守着这片净土，讴歌家乡建设的美好，抒发情怀。我一直抱着对文学对诗歌敬畏的心情自嘲，自己是在诗歌的圈子以外打酱油，没进过庙堂，也远离江湖。

　　我的童年和少年时期是在长江边的小县城繁昌度过的，那是一个始建于东晋的山清水秀的宜居之地，古称春谷。由于它的地理位置得天独厚，因而为历代兵家必争之地。历史上，有两个日子使繁昌县遐迩闻名。其一，1949 年 4 月 21 日，我中国人民解放军"渡江第一船"率先突破号称固若金汤的国民党繁昌江防，百万雄师由此以排山倒海之势，挥戈南下，直捣南京伪总统府，迎来了新中国的曙光；其二，就是 1958 年 8 月 19 日，繁昌县东方红三社柯冲生产大队中稻亩产 43 000 斤特大"卫星"发射成功，震惊国内外。我在曾经发表的一篇报告文学作品《变调的秧歌》里写道：如果说，写进中国新民主主义革命史册的第一个日子是祖国母亲授予繁昌人民胸前辉煌的勋章的话，那么，载入大跃进编年史的"四万三"则是繁昌人心头一块淤血的疮疤。渡江战役不久，毛主席就写下了那首著名的七律《中国人民解放军占领南京》；浮夸"卫星"上天不久，郭沫若就在《人民日报》发表了长诗《跨上火箭篇》，其中第 3 节提到了繁昌"四万三"："不见早稻三万六，又传中稻四万三；繁昌不愧叫繁昌，紧紧追赶麻城县"。所以，在我生活的那块土地上，无论是"勋章"还是"疮疤"，都产出了诗歌和分行的文字。

　　中学时代，恰值"十年动乱"，文化极度匮乏。除了囫囵吞枣般地背诵了几首李白、杜甫、白居易外，我一度迷恋上了贺敬之、郭小川的豪放的抒情和马雅可夫斯基的阶梯诗。

买不到诗集，我和几个同样爱好文学的同学疯狂地搜寻报纸，甚至冒天下之大不韪，周末去机关和图书馆偷报纸，将上面"分行的文字"剪下装订，如饥似渴，直至"案发"。善良的机关干部在了解了我们的初衷后，给了我们宽容与"大赦"。诡异的是，多年以后走上社会，我竟然也供职于这个机关大院，每当念及此事，真的是耳热心跳。

穿上军装到部队后，在新疆的茫茫戈壁，坐落在巴音郭楞蒙古自治州乌什塔拉小镇的马兰核试验基地，蓝天，草原，红柳，胡杨，沙枣，冬不拉，马头琴，黄羊，野骆驼，葡萄，香梨，哈密瓜，那达慕，叼羊节，脱俗幽静的马兰花，洁白晶莹的天山雪莲以及美丽的姑娘阿依古丽……这些有着韵律般灵动的文字，无论分行不分行，都是美丽的诗行！那时，我们着迷于军旅诗人李瑛的诗歌，在哨所站岗，在沙漠巡逻，在冰天雪地训练，只要有空，我们就吟诵他的诗句。他的《红柳集》《北疆红似火》被我们奉为圭臬。也曾心血来潮不知天高地厚地给他写信，寄习作。李瑛老师写来的回信里引用了他诗歌的名句鼓励我和战友们："红柳，沙枣，白茨/是生活中真正的勇士/我说年轻的战士啊/那不正是你们的影子。"我们在连队的黑板报上写诗，在节日联欢会上朗诵诗歌。可以说，诗歌丰富了我的军旅生活。多年后，我在本地晚报的"八一"特刊上整版发表的长诗《永远的乌什塔拉》，就是当年青葱岁月的真实写照。

拉拉杂杂说了这么多，回到这本诗集的本身。多年来，除了在政府机关供职写了大量的公文和通讯报道、调查报告外，业余时间也间或写下了一些分行或不分行的文字，即所谓的文学作品，先后在《清明》《安徽文学》《诗歌月刊》《徽派》《安徽日报》《安徽青年报》《台湾新闻报》《淮南日报》《芜湖日报》《大江晚报》等报刊发表。组诗《彼岸情绪》获全国鲁藜诗歌奖，诗作《江南·江北》获芜湖市职工原创诗歌大赛一等奖。一些老师和文友劝我将诗歌结集出版，留下点孤芳自赏的纪念。几经犹豫，还是战战兢兢地归拢了这些略显粗糙但却是从心底流淌出来的文字。中国文联全委会委员、茅盾文学奖评委、安徽省文联名誉主席、著名作家季宇先生于百忙之中抽暇作序，安徽师范大学出版社社长汪鹏生编审、总编辑张奇才教授的垂青，著名诗歌评论家、安徽师范大学文学院杨四平教授的雅评，安徽大学中文系教授方遒老师和《清明》杂志副主编、著名作家赵宏兴老师的指点，我的省作协会员的入会介绍人、著名作家鲁书妮和知名作家何更生老师的鞭策，还有我多年的好朋友文化学者孙再平、陈爱国、王岭、张靖的支持与鼓励，我朝夕与共的家人，等等。要感谢的人真的是太多太多，谢谢你们！

　　在大地上行走，一路走来，生活的风景很精彩。有人说，诗歌是分行的散文。文字可以分行，可生活无法分行，生活还要继续，我将永远在爱好文学的路上，讴歌，前行。

陈东吉

2016年6月2日